YOUDU
CULTURE

有度文化

沈念 著

世间
以深为海

山西出版传媒集团 北岳文艺出版社
BEIYUE LITERATURE & ART PUBLISHING HOUSE

·太原·

图书在版编目（CIP）数据

世间以深为海 / 沈念著. —太原：北岳文艺出版社，
2021.3

ISBN 978-7-5378-6325-4

Ⅰ. ①世… Ⅱ. ①沈… Ⅲ. ①散文集－中国－当代
Ⅳ. ①I267

中国版本图书馆CIP数据核字(2020)第224311号

世间以深为海

沈念 / 著

出版发行：山西出版传媒集团·北岳文艺出版社
地址：山西省太原市并州南路57号　邮编：030012
电话：0351-5628696（发行部）　0351-5628688（总编室）
传真：0351-5628680

经销商：新华书店
印刷装订：山西人民印刷有限责任公司

出品人
赵瑞

选题策划
刘文飞

责任编辑
刘文飞

开本：787mm×1092mm　1/32
字数：163千字
印张：7.25
版次：2021年3月第1版

封面绘图
舟蒲麦

印次：2021年3月山西第1次印刷
书号：ISBN 978-7-5378-6325-4

书籍设计
张永文

定价：49.80元

印装监制
郭勇

目
录

第二辑 | 芃野里

后记 | 士别的缺失，或万象森罗

第一辑 | 少年眼

长日无痕

夜色不安，天空中没有一丝凉风，身上热黏黏的。半夜我醒来的时候，正听到堂屋里外婆对外公说，明天小暑，入伏啦，就真正热起来了。这时，屋角不知何时藏进来的一只蟋蟀，发出了两声短促的低鸣：唧吱，唧吱。

鸣声穿过耳畔，并没赶走沉甸甸的睡意，我翻身侧卧，凉席上的湿热之气，仿佛是一口能将人淹没吞噬的沙地之井。迷糊之中，一个身影走进来，影子覆盖墙身。我又沉沉睡去。

那年暑假，父母把我送到外婆家住些日子。那时，我以为小暑是一年中唯一的节气。

向晚时分，薄薄的热气漫漶而至，日头还晃悠悠地炫耀在河堤那棵高大的老樟树的枝丫之间。阳光拨枝弄叶，织出万缕金线。树身周遭金光镶嵌，光彩熠熠，是河堤上最美的静物。老樟树像一屏扇面，折起夕光，也收拢河堤上的风物。外婆家隔壁的猛子一头大汗跑过来，叫我去河边捉蟋蟀。这是我们很早之前的约定，他声称要驯养几只骁勇善战的斗士。猛子的性格像夏天一般燥热，却又寡言少语。他比我年长两岁，是个会玩的高手，上树下河，钻窗过洞，但对我亲密依顺。外公看我们急急火火，说，别急，送上门的时候都有。我们来不及探究外公话中的玄机，头也不回地爬上了堤坡。

河堤蜿蜒消失在视线的尽头，据说它长达百余公里，穿越三乡五镇。这条河在清咸丰年间因江堤决口而成，分道两支，流过外公家门前的是东支。河口离得很远，是长江入洞庭湖的"四口"之一，猛子说冬天到过那里，是一片淤积的沙滩，有几头无精打采的牛、几棵掉光叶子的树。河道是直的，在八里地之外才拐了一道弯，冬天有大雁、野鸭、白琵鹭成群栖息，夏天到来之前都走得无影无踪。有一年，我从发黄的老县志上读到河的身世，逐字抄记下它所流经之地：从藕池口经康家岗、管家铺、老山嘴、黄金嘴、江波渡、梅田湖、扇子拐、南县、九斤麻、罗文窑北、景港、文家铺、明山头、胡子口、复兴港、注滋口、刘家铺、新洲注入东洞庭湖。河水，从这些悦耳动听却又陌生僻远的地名，也从我的少年时光中穿流而过。

爬上河堤，我向外公举手示意，他站在屋子前坪的台阶上，影影绰绰，被夕阳的橙黄之色一笔笔涂抹进虚无之中。屋顶青瓦早已发旧，白得耀眼，仿佛蜷缩成一颗发光的小贝壳，潮水退却，有数不尽的孤独无人破解。多年之后，人去屋空，破旧败坍，回乡再见，惊愕四起。我瞬间想起随猛子逮蟋蟀的时光段落。

只要看见河流，季节之变就呈现了。桃花汛后，河水一天天见涨，河床隐没，河身日渐丰腴，像个怀孕的女人。但到了七月初，河水抵至堤身的那道浅绿处，就不再晃荡跋扈，杂草却丛生疯长。那些调皮的家伙就经常隐身在堤坡的草丛、闸头的沟石之间。猛子熟悉它们活动的一切场所。久晒下的草地，蒸腾起一片摇曳的热气，刺眼的光，开坼的地面，隐约有炊烟的味道飘来，不知不觉就要进入日照时间最长的一天了。

猛子侧耳倾听，逮到一点儿响动就弯腰蹑脚，循声而去，有时干脆匍匐在草丛间，伺机出动。他双手弯曲成蛇头状，又眼尖得很，笨手笨脚的我往往还没回过神来，他就钻进草丛，左扑右扣，像只机敏的猎犬。待他不动时，已是双掌合拢，窝成拱圆状，喜形于色。我跑上前，俯身下探，他张开指缝，有活物在光影里跳动。我赶紧把玻璃瓶递上，一只长得贼溜溜的小家伙从合十的掌间滑落，成为瓮中之物。猛子又从草丛中抽几根狗尾巴草和灰灰菜，塞进瓶中，然后盖上一片圆卵形的叶子。

河上的黑影吞没漫长的黄昏，天边残有一线红光。回到外婆家，我们对着光，透过瓶壁，欣赏河边的战果。蟋蟀是白不如黑、黑不如赤、赤不如黄。教我们如何辨识的外公正好走过，瞅一眼，鼻孔里似是冷笑了一声。我们看着瓶中收纳的暗淡光影，那两个中不溜的家伙，全身油黑，也还英俊潇洒，但离赤黄甚远。我执一根草叶茎，挑逗瓶中蟋蟀，两个小东西一动不动，各自倚靠，身体触碰到一起就立马退回避开，好像不是属于生性好斗的蟋蟀这一物种。我们瘪瘪嘴，叹一声，心头就像刚生火吐烟的炉灶，被结结实实地泼了瓢冷水。我嘟囔着说抓到的是两只孬货。外公过来搭讪了，七月在野，八月在屋，九月十月到你床下，蟋蟀也怕热，这天热起来，到时它们也会寻清凉之地，过不了几天在家里就能捉到厉害的家伙了。

我依旧闷闷不乐，原以为的一场蟋蟀之斗还没开场，就已谢幕。真是沮丧。猛子也不服气，说明天早起再去逮几只。是夜，我在翻覆的梦中，果真见到他逮到一只，一身黑亮盔甲，一对触角如长矛，一双薄翅紫褐而光润油滑，六条健壮的腿屈弯跳跃。猛子把它捉进掌间，刚泄开细缝，嗖的一下，它就蹿奔于地，蹦躲于石缝之中不见了。我迷糊之间听到屋角的几声唧吱，也被误作是梦境了。

清晨醒来，屋里比往日要闷热几分，外婆已经将床上的被物搬到了前坪。外公把几个三脚撑衣架搬出来，又设法在石柱和几棵屋前的树丫间牵线搭桥，盖被棉褥、厚衣冬袄，悉数要在小暑之日接受太阳的暴晒。排屋前，家家户户都把存放箱柜的衣物晾出来了。我问外婆为什么大家都要晒东西，她说这叫"晒伏"，去潮去湿，防霉防蛀。外公插话说，这是个习俗，过去老班子讲，七月七（公历），六月六（农历），龙宫晒龙袍。你去看水府庙，和尚还会晒法器晒经书。水府庙是离镇上不远的一个小寺院，猛子带我偷摘过庙中所栽植的梨，相貌歪裂，又苦又涩，但那几个和尚咬得津津有味，还供上香桌，让一些信佛的老妇带回家。

早饭外婆煮了热汤面和鸡蛋，她说小暑入伏的早晨吃鸡蛋清热消火，白面煮汤清洁辟恶，又说中午做我最爱的羊肉汤。外公拍拍我的头，伏羊一碗汤，不用神医开药方。然后提醒她别忘了煮新米，前两天叔公从乡下送来了几斤新打的米，沾着地气的米粒像是一丝一丝向外抽出地母的芬芳。

我跟在外公屁股后面在屋里转，他是个手勤的人，抹洗修补，精细熨帖。外婆却说他年轻时是个大懒虫，我疑心这是骗我的说法，外公也从不否认。外公还是个注重仪式感的人，面汤端出锅前，他已在神龛前点燃三炷香，把面汤和酒杯摆放好，郑重其事地拜了三拜。我问外公，为什么今天要叫小暑呢？他说，这小暑是一个节气，天道有序，小暑大暑，谷熟忙收，这小呀，是个开端，是个提醒。

猛子从晾晒的被子底下钻到我面前，两眼惺忪，朝我挤眉弄眼的样子很滑稽。外婆招呼他喝碗面汤，他推辞着，被我一把拉进了屋。猛子是个苦命伢子，外婆常常哀叹，他娘之前是个漂亮女子，但生育之后突然得了奇怪的病，皮肤眉毛头发日渐变白发黄，瞳孔里闪着粉色的光。她怕见阳光，看东西时总是眯眼，后来干脆不再出门，整日躲在门后窥看外面。他爹是个爱喝酒的泥水匠，喝醉了就朝猛子摔板凳。次日早上醒来，猛子第一件事就是把缺胳膊少腿的板凳修好。猛子娘的眼睛像是有电，是整个身体带电，我从来都不敢多看一秒这个隔壁女人，即使她曾经有过漂亮的容颜。

我们吃完面汤，正想溜出去，被外公叫住。他返身从卧房里走出来，扣在背后的手神秘兮兮地递到我们面前。是个长条形的竹笼，擦磨发亮，散发着竹木之气。这是外公昨晚赶做的。他取一节粗圆的竹子，剖成两瓣，把和毛线针般粗细的竹篾穿进竹筒的劈口处，织成一张透气的网，两头用半圆形的竹闸门封闭，防其逃逸，中间也用半圆竹闸门做隔栏。这个竹笼养四五只蟋蟀，空间也绰绰有余，最重要的是竹笼里斗蟋蟀，无疑是最好的场所了。

我们喜出望外地接过竹笼，突然看到一个黑影一闪，听到一声清越的鸣叫。是个厉害的家伙，猛子喊出声。我疑惑地看着外公，他笑着说，这是昨晚在屋角捉到的。果真如他所言，小暑天一热起来，蟋蟀都躲到庭院墙角屋内避暑热了。我这才明白外公昨天说的那番话。

我一看到这只蟋蟀浑身透着赤中带黄的发亮色泽，就兴奋起来。它触角有三厘米多长，右翅上的短刺像铁锉，左翅上的硬棘像铡刀。两颗大门牙向前突出，是打斗的利器，还挺着个明显的长颚。外公说，我帮你们给它取了名字，就叫长颚将军。它先是一动不动，突然间两翅一张一合，就发出一声锐利的叫喊，像是与我们示威。我后来才知道，它的"嗓子"是假的，翅膀才是它真正的发声器官。繁殖之时，雄蟋蟀卖力地振动翅膀，用动听的歌声吸引雌蟋蟀。它的鸣叫是真正的翅膀之音。

好戏来了，猛子把昨天捉的两只"老死不相往来"的青蟋蟀都安置进了竹笼之家。它们左顾右盼，又装模作样地竖翅哼叫了一声。显然它们发现了长颚将军，然后跃跃欲试地逼近。长颚将军似乎并不想搭理，也睥睨着这两个闯入者。猛子用草茎拨弄长颚将军的腹部，它竟然还躲闪到了一旁。信心倍增的青蟋蟀蹭蹭跨步，张牙舞爪地逼近，长颚将军出其不意，张开钳子似的大口咬向对方，双方的几条大长腿猛踢，搅成一团，一场乱战。不出所料，那两只青蟋蟀节节退后，败下阵来，然后垂头丧气地蜷缩角落，不再发声，长颚蟋蟀竖起双翅，傲慢地发出两声长鸣。

也是不打不成交，三只蟋蟀后来相处融洽，大有结义之情。但时间证明，我们养蟋蟀并不成功，天气闷热，竹笼干燥，没出几天，两只青蟋蟀先行死去，长颚将军也日渐消瘦委顿，最终郁郁寡欢，无疾而终。后来外公告诉我们，竹笼比不上陶罐吸地气，应该每隔一两天向笼子内喷洒些水。蟋蟀死后，外公让我们把它们送给住在瓦厂的廖医生，他在自家开诊接医，说蟋蟀的干燥虫体入药，主利水肿、小便不通等症。晒伏这天，他那位有点瘸腿的老婆，一踮一拐地把小抽屉的药搬到太阳下晒，草药清香四处飘溢，镇上的人路过都忍不住要多吸几口。那个费了外公大半夜功夫的竹笼，后来被弃置角落，有一天外公翻拣出来，竹片早已开坼，积满尘垢蛛网和蟑螂产卵后的黑颗斑点。

小暑的到来，虫声唧唧，蝉鸣密集，蛙声如鼓，在这些声响的罅隙间，却是最深沉的安静。每个隐秘的角落都在源源不断地生发热气，让人觉得衰弱无力。外公怕热，打着赤膊，一手抱着他的茶盅，一手拎把竹椅，午后找到樟树荫下歇着。他藏在一片影子里，瘦弱而骨头暴突的身躯有时就成了树的一部分。燥热也刺激了鸟，平日见得最多的燕子、麻雀、八哥、灰喜鹊，田野稻田常见的黑卷尾、斑鸠都变得活跃，热情得像家里即将迎来贵客的中年女人，忙忙碌碌，叽咕的声音像水面之下的暗涌，流动着焦灼、激烈的情绪。

外公家屋檐下的燕子窝，这两天是空的，平日进进出出的忙碌身影不见了。外公从树影下探了探头，嘀咕了一句，燕子都回去啦？回答他的却是几声嘹亮的蝉鸣。猛子掏过一次燕子窝，那是一只尚未成年的乳燕，两翼像精巧的镰刀，两眼向前突兀，头缩在身体里，完全看不到脖子，爪子隐缩，纤细到几乎看不见。这真是长相古怪的鸟。我手握它时，羽翼之下的体温微灼手心。我翻覆它的身体，却没看到燕子的脚，惊诧之中，我从腹部靠近尾部的地方，找出了那双萎缩的双足，一动不动，像是瘫软在地上的一只硕大爬虫。

炎夏抵至，燕子并没全部迁徙，偶尔还有几只从头顶掠过。估计它们也怕热，找了荫凉之处躲起来。没有了欣赏者，没有了舒适的天气，燕子也懒惰了。但燕子飞行的灵活性堪称一流，是飞行技术最高超、飞行姿势最美的鸟。我和猛子爬在闸堤的墙头上，看几只身穿黑礼服的燕子表演飞行特技。空气燥闷，燕子在天空中盘旋、转圈、穿巡。它们的飞翔迅疾、多变，让人眼花缭乱，好像整个天空是属于它们的。如果能记录下来，它们的飞行轨迹一定是世界上最复杂的迷宫和最优美的曲线。没有鸟能像它那样在急转和冲刺中随时改变方向，它能在飞行中休息，也能捕食。那些在空中微微摇曳的猎物——苍蝇、蚊子、金龟子和那些不知名的小昆虫，都能被它们精准地逮到。燕子脚爪的欠缺，才有了特别发达的翅翼作为弥补。所有的美好都藏在变化与守恒之中。

从闸堤上看得见排屋，我还常常看到猛子娘就站在门槛下抬头探望，她像一团毛乎乎的光，刺眼、扎手，让人想起她的奇怪模样就无端地惊惧起来。

孩子们的耍性注定是不惧炎热的。午后，猛子说带我去摘莲蓬。离镇十里的牛氏湖种满荷绿，荷莲重重叠叠。天热，荷莲反倒长势凶猛。去往牛氏湖的路很窄，要过半人高的冬茅地，叶片狭长有齿，奔跑穿过，碰触身体，就像一把长锯拉过。走着走着，会听到哗啦哗啦的划水声，矮下身子去看，是一位戴草帽的老人划着仅容一人站立的筏子。偶尔这响声会惊动几只藏身水中的白鹭，细长的腿拨拉飞起，在荷塘上空盘旋几圈，又不知仄身哪片荷叶之下不见了。我们摘几片荷叶顶着太阳，但没过多久，叶缘全卷起来，之前饱满的水分全被空气中的燥热吸干了。从荷塘转一圈，我一身被晒红，满身大汗，前臂小腿不知何时被草叶割开道道小口，又痒又疼。外公对这个有办法，舀水把我手脚细致洗净擦干，然后取下酒瓶，喝上一口，鼓咽几下，接着用力喷我的手上脚上，搓拍一番，隔一阵儿，疼痒就消失了。

返回的路上，河堤像是燃烧的长龙，脚底发烫。但不是所有的小暑入伏都是艳阳当空，暴雨也在这个时节来袭过。有一年，大雨如注，河水猛涨，每个人都出不了家门，我和猛子站在屋檐下，伸出手，雨水一寸一寸打湿手臂。水迅速吃掉那道警示安全的线痕，晃荡上堤面。廖医生同母异父的弟弟陈木匠家房子建在堤埝外，水进了屋，那些可以浮起来的东西，桌椅、畜圈里的猪，悄无声息地跑出了家门。陈木匠老婆手忙脚乱，号叫着，把辛苦养的鸡赶到堤上，由着它们各自避水逃命。这一下，人们都紧张起来，转移的通知到了堤埝内的每家每户，镇上的干部组织人们披衣戴笠上堤防护，外婆家里的桌椅叠摞，东西都打包搁在高处，一片狼藉。雨水的到来并没有减弱热度，汗湿的衣物贴着皮肤，黏糊糊的，让人格外难受。那一天外公彻夜未归，大人们在河堤的暴雨中守住了那个夜晚。第二天雨过天晴，大人们疲惫地回家，敞开大门，镇上鼾声一片。后来却听说，下游对岸三十多公里外的凤山发了山洪，抹去了半个村子。山洪冲去的田地，曾经是条古河道，大自然的神秘力量，让它多年之后又显现出来。

回到那个发烫的下午,从荷塘回来,排屋前挤了很多人,外公看到我们,赶紧走过来,牵着猛子走了,外婆却一把抱住了我。那位信了基督的老女人走过来,冲外婆说,上帝召她前往,是为了帮她洗净痛病,让她第二次诞生。说完她又踅身走到另一个人身边重复上述之言,眼里噙泪,皱纹里折叠着悲伤。从纷杂的议论中,我慢慢才听明白,猛子娘下午竟然出了后门,电排站放了一排沟的水,她莫名其妙地落水了,幸好被一蔸草挽住了身体,不然尸体不知会冲到哪里去。这一切发生得太突然,也太蹊跷,人们用各种猜想喟叹着生命的脆弱。我眼前突然又浮现了那团毛乎乎的光,刚想要挤进团团围住猛子家的喧嚣人群,却被不知哪里爆发的哭声吓住了。我在人缝里偷看到,死了娘的猛子没有哭,连一声抽泣也没有,只是默然地看着地上的草卷盖,像面对一个陌生的死者。猛子爹在寒碜拥挤的屋里转来转去,听任几位老人的指挥,他伤心地哭一阵,又摆出一副坚强的模样,唇鼻之间始终挂着永远抹不干净的鼻涕,走过猛子身旁时,手落在他的头顶摸了摸。那是我见过的这位父亲对儿子最亲昵的一次抚摸。

这一天显得无比漫长,阳光被枝杈扎碎,却又很快融合在一起,重新生长成一个整体。天色注定在喧闹中暗下来。虫声、蝉鸣、蟋叫,声响消遁,耳畔却轰轰烈烈。我不知是何时绕到猛子娘身边,这是我第一次最长久的注视。她脸上变得光洁,有一种无比温暖慈祥的表情。那一块块白癜像飞鸟收拢了翅翼,我想这是世上最美丽的溺死者。我后来一直有个幻觉,我伸出了一只手,摸向了这张美丽的脸。

但我又记得清楚,那天夜里,天气燥热,大人们额头和身体大汗淋漓，使劲挥动着手中的蒲扇。外婆扇来的风，让我心生寒惧。坐在角落的猛子一直沉默，他被黑色棺材的影子遮住，以后也变得越来越沉默。不安的夜色越来越深，发出幽蓝的光，那些过往封存在时间的底片上，似乎没有留下任何印痕，可向光即可见影，闭上眼睛，我还看得见。

少年眼

之失明者：一切近，终远离

傍晚，我爬上东门堤的闸头看落日的时候，瞎子三五结队地走过。他们的关系可以组合成兄弟、夫妻、朋友、情人。那些故作轻松的谨慎步子，踩着散落一地的斑斑沙砾，脚底蹦出咯吱的响声。他们的"目光"被一根摩挲得发亮的细竹篙牵引，敲打着回家的路，叮叮，咚咚，参差起伏，像曲乐单调的演奏练习，却掩饰不了内心的欢愉。

浑圆的红日垂钓着远处的河面，河道弯弯绕绕，在视线尽头浮出一小块镜面似的光。镜面坠地破裂，碎金般的光照晃着我的眼睛，锐利的疼。我不知道瞎子的眼睛是否也能感受到光的热情，火一般的跳跃。有时，我想象我是个瞎子，闭紧眼睑，摇摆脑袋，那些河岸边的房屋、树林、裸泳的少年，依然在我的眼幕留下一个个清晰的影像。我悄悄尾随这些失明者，他们中的某一个，偶尔会转过来，翕动鼻翼，歪牙咧嘴，发出奇怪的笑声。是发现我这个拙劣的模仿者吗？我啸唉一声，捡起一颗石块，掷向河面，一道抛物线滑落，消失在余晖的光芒里。

我不知他们如何度过这漫漫长生。突如其来的感慨，因何而来，却那么真实地出自一个少年模糊而忧郁的内心。

我们全家从小镇搬离后，我的故乡就变成了这座小县城。河流穿过，把县城从中间劈成两半。石头垒筑的拱桥横跨东西，架通来往，桥下四季流水，桥上经常驻留着许多闲得发慌的大人和孩子看风景，还有那些以算命为业的瞎子。这些失明者肩上搭着个蓝色的褡裢包，一把小板凳，"蜗"在桥的人行石阶上，天晴下雨，撑开一把黑伞，绑在桥梁柱上。人们在桥上相遇、点头、交谈，脚底荡起的尘灰，扑满瞎子靛蓝的中山装。一天里总有几个游手好闲的人，蹲守在瞎子们身边，听他们给那些"送上门"的女人细掰前世今生、爱情婚姻、财富子嗣。这是那个年代在小县城生活过的每一个人都不会忘却的一道风景。

某一天，瞎子们搬进了政府搭建的安置房——一排小砖房，单门独户，坐落在东门堤上。打卦算命测名者，数着房墙上的数字，捡中自己要找的房号，低着头栽进去，坐在戴着墨镜的瞎子对面，几块钱可以聊上大半天。瞎子一旦开腔，时光开始收费。而更多的时光，他们就那么孤独地坐着，腰背挺直，怔怔地"望着"水泥墙壁，又像是倾听哗哗作响的钱币跟着河流远走。我从那些小房子前走过，突然会想起在某个外国电影中看到的教堂，孤独的瞎子扮演忏悔者和牧师的双重身份。这些瞎子的人生起点相离甚远，命运故事却差异甚少。看不见的世界，约束着他们生活圈的半径，看似很长。

曹瞎子的故事从很多人嘴里转述到我耳里。这个外貌平平的瞎子，唯一惹人注目之处是他尖细的下巴上长着一粒肉瘊子，痦子上又冒出三两根细长曲卷的细须毛。他被传说的理由是，某一天他的三寸不烂之舌，不动声色地鼓动一个有几分风韵姿色的女人离开了她的丈夫，继而委身于他。大人们口水四溅，道听途说的个中细节充满情色猜想。人人想探知真实的隐情，也许真相早被抛弃，每一个转述者都在游历一座虚构之城。此等艳事招惹诸多同行的羡慕嫉妒恨，既模糊又清晰的美丽，瞎子们习惯了得不到，却痛恨突然拥有的同类。曹瞎子何德何能，必是使了不少坑蒙拐骗的伎俩。不久，女人的丈夫找上东门堤，这个踩人力车的男人气急败坏地揪住曹瞎子的衣领，嚷叫声引来里外三圈幸灾乐祸的围观。曹瞎子喘匀几口气，扒开车夫粗糙的手掌，捋平被揪皱的衣领。车夫让一个瞎子的傲慢激怒了，挥动长臂扑过来时，曹瞎子的细竹篙抵达了车夫的喉结处，车夫点穴般怔立不动。据说在场的目击者谁也没看清瞎子是如何出手的，车夫硕大的喉结上下滚动，唾液咽吞，青筋暴凸，神色却瞬间黯然。后来有人猜测曹瞎子是伪装的武林高手，某某门派的隐秘传人，也不乏辗转打听登门拜师求艺之人，皆遭遇曹瞎子的冷漠回绝。

那些无所事事的时光段落，我跟在几个从未想过知晓尊姓大名的瞎子身后。一个羞怯的少年，不确定是否能找到那个传闻中的曹瞎子，与高人的相遇是缘分，这是我从小爱听爱看武侠传奇的父亲讲述中出现最多的关键词。某个英俊少年家道中落受人欺凌或是仇人追杀流落江湖，命运几经曲折跌宕之后终有缘遇到一个拯救他的人。缘分是需要等待的。我想其实我是认识过那个曹姓瞎子的，他就在这一群瞎子里面，他们踟蹰的背影，需要我去辨认，找出这位暗藏的高手。我想象过多种遇见的场景，但没有一个是我所坚定的。后来我怪罪自己的这份犹疑不决错过了相识的时机。我怀着深深的怯意，紧紧走在"曹瞎子"的脚步之后，而我们的距离却越来越远。

我曾试图探究他们失明的原因。遗传、患病、伤害，林林总总的天灾人祸，从父亲嘴里出来的那些说法，无法填满一个少年写着疑问的沟壑。我睁开眼睛，看着呈现眼前的变幻世界，而失明者只能枯守一片漆黑。我常常追随至算命瞎子多数聚居的南堤巷，有半爿街巷，每幢瓦屋里都居住着至少一个失明者。他或她早出晚归，有笑有泪，有吵闹有沉默。春秋季节的晴好日子，他们喜欢搬把木椅慢腾腾地坐到太阳底下互相丢话，有位年老矮小的瞎子打开收音机，贴耳听着一个说书人的拍案惊奇，边听边嘴里咂咂嚼着虚无的空气。有个中年女瞎子皮肤真熨帖，她把毛线球放在双膝间竹条发光的箩盘里，双手交织着渐渐拉长的衣袖。我突然发现这个小县城居然有这么多的失明者都在好端端地活着。他们貌似正常人的生活状态，让我诘问过父亲，父亲的回答是："活着就是人生！"我没有机会目睹这些失明者的伤痛情状，我知道他们不会永远是快乐的。这些晦涩的不明，跟随一场眼疾向少年时的我奔袭而至时，我仿佛被巨大的恐慌撞倒在地，真切触摸到失明者隐埋的伤痛。

在一次逗闹的游戏中我的左眼不慎被小伙伴用圆棍击伤，不轻不重，但第二天眼球开始充血，上下眼皮帕金森症般频繁眨动，视力在凝望一件物体时会跑光，丧失焦点捕捉的能力。医生蛮力翻开眼睑倒入生理盐水帮我清洗，挤入眼膏，一块方形纱布封住我的眼睛。我用另一只眼打量世界，头左右大幅度摆动，母亲的训斥如风过耳，我享受着与平日不同的新奇。但新奇很快消失，取而代之的是惊马奔逃般的慌乱。夜幕降临时，我感到了眼力的不逮，磕磕碰碰地寻找，让我对母亲的提醒警觉。羞耻的白纱布在我脸上"生活"了一个星期，我睁大眼睛透过纱布感受亮光，时刻敏锐地感受眼睛的存在。我再也不像平时那样欢快，坐在东门堤的闸座上，我想象自己真正失明的模样，热泪涌动，少年的心哭泣得那么无声却蛮横。

受伤的眼睛带来的视力下滑伴随我至今。我习惯了在那些球面非球面玻璃树脂镜片的辅助下瞻望这个世界。在那次眼伤休复的很长一段时间，我提醒自己远离东门堤上的瞎子们，仿佛他们墨镜后面的空洞随时会席卷我。但"好了伤疤忘了痛"，这些恐惧又很快从少年身体里跑离，我重蹈过往生活。某日我照旧在东门堤的夕阳笼罩之下，跟在两个瞎子身后，悠闲地窃听他们的对话。细小的灰尘在他们的脚下缠绕，谈到的死亡话题让我惊骇得接连几天默然无语。

瞎子甲很熟悉地拍着乙的肩膀说，昨晚我死了。乙皮笑肉不笑地说又被弄死啦？甲呸了一声，然后长叹一口气，表情严肃地开始叙说——我死了，我参加了自己的葬礼，三天三夜的吹拉弹唱，那么多我认识的不认识的亲朋好友、左邻右舍都赶来了。我跟每一个人打招呼，我能看见他们脸上的每一道藏在欢笑和悲伤里的细小皱纹。他们嗑着瓜子，天南海北，谈笑风生，说着那些我以为荒诞不经的往事，一点儿也不惊讶我又能看见了，就好像我从来没有瞎过。可我突然听不到声音了，每个人夸张的嘴形像哑巴剧。最后结束散去，他们与我道别，我却跨不出屋子窄窄的门槛。外面照进来的光越来越强烈，我眼睛里的光一点点涣散、消失，直至重沦黑暗。

乙扭过头，端详着身边这位朋友的脸，他这个动作在我记忆中是那么清晰，他看见了什么吗？甲的神情却被我记成一片空白，但我能感受到一个人宣读自己死亡决定时的伤感情绪，跟他低哀的语调萦绕在我人生的成长段落中，在无数次睡眠中怎么也取不下来。是不是长久锁闭在黑暗之中，他们反而更加惧怕某一天睁开眼看见光明，不确定的世界于瞎子而言才是正常的。

离开县城，我越走越远，那些陪伴过我成长的算命瞎子依然待在回忆的角落。那个角落像落幕的舞台，灯光一束束暗淡至熄灭，却散发出炙手的热量。我想象失明的过程是伴随着黄昏和熄灭的灯一起到来的。仿佛那轮落日，西天红光如萎灭的火焰，灰黑云层千军万马般奔腾而来。视觉世界离开光明者的眼睛，离得越近的东西反而跑得更远。而在我成长中的阅读里，某一天我惊诧地遇见，在那个"天堂"般的图书馆里，博尔赫斯和两位前任馆长格鲁萨克、何塞·马莫尔，居然都是失明者，但他们管理的图书馆已成为文学史上的象征符号。博尔赫斯丢失了那可爱的形象世界，却开启另一种创造。他的诗歌和小说，就像进入一个黑暗陌生之地摸索的人，环绕迂回，碰撞敲打，像深夜飓风暴浪中的大海，万千勇气落寞生长。浮现一句重复多次的话，上帝关上一扇门，就会打开一扇窗。

门和窗都连接通往世界的道路。

失明者的心中，藏着另一个想象的世界。我还看到了荷马，那部举世闻名的史诗的创造者，讲述那些伟大的历程，却只是一个盲诗人。诗是基于听觉成立的。它需要大声吟诵。还有"在这个黑暗而辽阔的世界"里的弥尔顿，孤立无援地在文学丛林里前行，写出失乐园和复乐园。还有詹姆斯·乔伊斯，疯狂地学习各国语言并自创艰涩难懂的语言，这个意识流的先驱，浩大著作的一部分就是在黑暗中完成。我听说他是个失明者后，终于为阅读《尤利西斯》《芬尼根的守灵夜》时的不顺畅找到一个合适的借口。

他们失明的原因错综复杂，而我们这群拥有光明者站在岸边，唏嘘命运之手的决绝，庆祝自己的幸运。一年前的一次体检，眼科大夫提醒我的过度用眼，一长串理论推演和术语堆积，把我深深地震慑了。视网膜脱离、视网膜病变、玻璃体积血、玻璃体混浊、黄斑裂孔、黄斑前膜……像一个个黑点飞扑而来，砸在一个长期埋首于书堆和电脑者的心床之上。要光，就有了光。人类创世纪的铿锵话语芳香流淌。要没光，也就没了光。眼科大夫的判词冰冷桎梏。

"一切近的东西都将远去。"某天母亲给我提到邻居家哥哥的时候，我想起偷偷从哥哥的黑皮手抄本上读到这一模棱两可却感觉喜欢的句子。我后来从歌德的作品中找到出处。一句谶语。那次我随母亲去医院探望，手术后的邻居哥哥正躺在病床上，眼部蒙着雪白的薄纱，他在校园的球场上与人冲撞，眼角膜脱落，正滑向失明的危险边境。手术后，他开始佩戴眼镜，沉默寡言，目光呆滞，不再参与任何一项体育运动。一些年后，我再次听说的不幸是，他在一场车祸中最终告别光明，沦陷黑暗。这个可悲的第三者叙述，让我心头地动山摇，即使失明者能获得世界上最庞大的善意，但他们只能抱着明亮的白天哭泣。

之失忆者：海马体在风中溶解

好些年前，我回到小县城，要在桥东的汽车站下车，那里有很多家小餐馆小旅馆，餐馆的洗刷水就倒在路上。几位看模样是乡下进城的中年女子朝大巴车里抖落的男乘客走过来，顾盼左右，窸声问询，又苍蝇般尾随，想拖几个去旅馆休息。我看到空中一层薄薄的灰尘，是淡蓝色的，覆盖县城上方。我也顾盼左右，穿过她们吵闹的身体，一只粉红色的塑料袋鼓得圆圆的，被风托举到半空。风是从护城河的方向吹来的，我轻轻闭上眼睛，能看到她微笑的模样。

她是个失忆者，没有了记忆水草般的缠绕。这个女人的模样，稍加打扮一番，便有一种矜持的精致，脸蛋、腰身、步子，都是讨男人喜欢的那种。或者更年轻一些，有众多的追求者绝不是虚构。我是随母亲去工商巷看望叔外公时第一次见到她的。在几天前的一场意外火灾中，叔外公为了抢救一床棉被，把自己烧伤了。叔外公的家事，出现在我耳边时，总是围绕着儿女的不孝、生活的拮据。瘦小的老人气恼之下搬出了儿子家，回到工商巷的老房子。老房子墙身腐旧，风从四面八方可以鼓吹进来，在那个冬天的夜晚把火盆的火苗吹向了叔外公床上的棉被和蚊帐。行动缓慢的老人从睡梦中醒来，还不肯放弃对少得可怜的财产的拯救，火苗蹿到旧帐顶，又引燃屋顶的木板、墙上糊得厚厚的报纸。刚刚过去的干燥之秋，把这些物什都"养"得肥富流油，火星一引，就都兴高采烈地欢跃起来。

是女人吧唧吧唧踹开叔外公家的门，把他活生生拖出火堆的。母亲充满感激地哀叹一声，她是个失忆者。父亲漫不经心地说，她是大脑中的海马体受了创伤。丢失了记忆的人，这在少年的我的心中，像是一颗深水炸弹突然在心头爆裂。

叔外公家墙上扑着几只一动不动的"蝴蝶"，翅翼之上写满铅字，很怪诞的场景。他半张脸涂满奶油般的烫伤药膏，油腻腻地躺在床上，薄如蝉翼的肌肤，拱起丘壑般的褶皱，散发阵阵来历不明的恶气，在房子的灰烬气味中飘荡。拐进巷口之时，母亲微笑着跟女人打招呼。女人面无表情地坐着，梳理着被火苗舔舐过的发梢，看着眼前走动的陌生人。左邻右舍都在赞叹女人的勇敢之举，大半夜都呼呼沉入梦乡，幸亏有失忆的女人醒着，及时救人性命。大家夸赞的语调里总有种哀伤，静水深流，倾覆一个少年起伏的内心。

隔一两天我就缠着母亲去看望叔外公，更多的是想看到失忆的女人。我们要经过女人家的小院子，花草茂盛，女人坐在石凳上发呆，或者是站在墙根那一溜菊花前手持一葫芦瓜瓢发呆，瓢里的水颗颗垂落，溅湿她那双自己编织的布拖鞋。我从院墙砖窗的缝隙里看到她，她连头也不发生轻微的摆动。发呆是女人的常态，记忆太累，她是一次次决绝地斩断过往，清空。她的大脑里存储的时间是随时清零的。

我喜欢看到她的模样，有一种安抚的力量，让少年的内心充满欢愉。如果不是她的失忆、她也会记住我。这就是我当时的想法。我并不愿打探她因何失忆、她的隐秘往事、她捉襟见肘的人生。但我的记忆不是空白，餐桌上母亲跟父亲描述她所知道的女人，到叔外公家时总有好心的邻居说话说着就绕到了女人身上。某天来探望叔外公的人群中有一位身材宽阔的老太太，她闻讯而来，目睹年轻时爱慕过的人风烛残年，旋即涕泪涟涟。狭小的屋子里声音嘈杂，大家又说到感激女人的话题上，我听清了老太太的一句话，她们是同乡，女人在乡下名声糟糕透了。

大人们并不顾忌一个少年的在场，怂恿着老太太捡拾女人丢失的记忆。躺在床上的叔外公脸上的伤疤，因为焦躁而有些变形。不解其意的老太太此时因为掌握一个人的记忆而内心无比虚荣。她从女人还是年轻漂亮的女孩时开始了叙述。

一个县城来的小伙子喜欢上了年轻漂亮的女孩。小伙子应该是来乡下度假的，带着一个小皮箱，装的都是书，借书的缘故，女孩和他走得很近。有一天晚上女孩父母走亲戚未归，小伙子就走进了女孩的房间，那时农村的卧房都摆有两张床，他们各自睡在一张床上，夜话至黎明。据说，谈的都是儿时往事和读到的那些书中的爱恨情仇、聚离悲欢。第二天清早，几个同龄的嫉妒者把他们堵在了屋里，村里一下就爆炸了。在八十年代封闭的农村，女孩的名声被一个充满想象的夜晚玷污了。这块斑斑污迹如影相随，女孩后来考上县里的师范学校，毕业分配时，有人时时不怀好意地提到那块斑污，她理所当然地被分到最偏远的一所乡村小学。路途迢远，跋山涉水，她的沉默寡言也成为那块斑污的证词。没有人向她靠近，即使她家搬到了另一个镇上，依旧没有人与她恋爱。"小伙子人呢？这个罪魁，难道从此就躲开了吗？"大人们几次焦急地插嘴询问，仿佛也在等待他的出场，拯救一个弱女子即将倾倒的人生。

老太太叙述小伙子的语调，却转变成遗憾和伤感，好像一条湍急的河流转瞬汇入一汪平静的湖泊。是的，小伙子每年都会去看望女孩，坚持了十来年吧。他自己考上大学，分配到市里的学校，书教得好，还是有名的诗人，他每年的假期都会来。女孩的新家、女孩工作的学校，小伙子每次来，待两三天又走了。有人见到他们在河堤上散步，小伙子高声朗诵，神采飞扬，女孩望着远方，笑意盈盈。他们似乎从来没有过谈婚论嫁，也许是现实的距离在他们之间制造着一道不可逾越的堑沟，但人们都在背后明确了女孩和小伙子的男女关系。"那他们最终有没有在一起呢？"人群中有人如此发问。这立刻遭到另一个声音的嘲笑："明摆着的结果，没在一起呀。"

两个人之间的美好关系，是如何被洪水冲破堤岸而不可收拾的。老太太的语调突然颤抖起来，仿佛要讲述的结局与她的罪过有关。她说，有一年夏天涨水，小伙子困在了去往学校的对岸，水势滔滔，浑浊污秽，没有船工敢冒险渡河。小伙子在河边坐了大半天，河对岸除了几头牛马寻草的影子晃动，始终是一幅空荡荡的背景。他到附近的一家南杂铺里想买一双印花的袜子，接待他的是店老板的女儿，恰好也是放假刚从市里回来。年轻的诗人跟那个可怜的女孩就此别过，很快与新的一见钟情者成婚。

人群里迸发出几声哀叹。太戏剧性了，太多的剧情都没展开就结束了。多年的情感抵不过一次偶遇。而我至今不明白，老太太为什么偏偏要选择小伙子是去买双袜子，甚至我怀疑自己的记忆也有了偏移。

本以为故事到此就画上了句号，每一段情感都会有一个美或不美、幸或不幸的归宿。那个女孩也终归要找到不顾忌她糟糕名声的男人，也确实有个游手好闲的小商贩娶了她。小商贩走家串户，活跃在小镇和乡间，他为自己找到一个有正式工作的女教师而无限自豪。后来他暗中使出投机取巧赚来的钱，把女人从乡村学校调到镇上、县城。皆大欢喜的一件事，各人走上各人的人生轨道。旧时的相识都羡慕起这个名声糟糕的女人来。老太太说，他们进了城的事就不清楚了。

叙述到此暂停，我以为母亲要领我走了，那个周日的下午我们已经待了比平时多出许多的时间。烧伤药的气味混杂在陈旧腐朽的房子里，奇怪的气息不时会冒出一股冷风，令人晕眩。"谁说说进城后的事呀，她怎么会失忆呢？"好奇者提出来。大人们互相张望对方，最后目光落在其中一个长得矮胖的妇人身上，她是最早搬到这条街巷的人。

矮妇人犹犹豫豫，喉咙里像卡着痰，把想说的话堵在了里面。"不是特别清楚哦……我说了你们不准外传呀。"她真的咳出一口痰，扭头吐到了墙角根，我看见有一只矮小的老鼠迅速凑上去，抚弄了一小会儿又哧溜跑远了。矮妇人说，女人和她的商贩丈夫过了几年顺风顺水的生活，买了现在居住的这个小院子，唯一的遗憾是没有孩子，怀得好端端的，稍不留心就流产了。如果女人没有孩子，这个家就不稳定。邻里朋友都帮着夫妻俩寻访各种破解流产的药物和单方，过去他们家的大门前岔路口常有药渣，大家踩来踩去却并没有听到好消息。但你别说，章老板（小商贩）做生意是刁钻抠门，但重情，对家里的女人还是蛮好的。有一天突然听说他吐血住院了，十来天后回来，只跟巷东口常一块下棋的老孙说话，原来他是气病的。女人爱恋过的诗人有天被一群文化人拥趸着来了，章老板和女人都被找去吃了饭，他被灌醉了送回来，女人是第二天一早回的。

"哎呀呀，问题一定出在这诗人身上，还找来干吗呀。"老太太嗟叹一声。后来听说女人好几个晚上半夜起来，捧着一个录音机听磁带里的声音，那磁带是在一家小酒馆录的，有人猜拳有人咳嗽还有几声响亮的屁，说话的是诗人，是小伙子在读自己写的一首首情诗。"都是写给女人的吧？"人群里一片唏嘘。矮妇人说，这女人就是中了邪，最绝的是她在半夜听得涕泗涟涟，然后跟章老板说，她发现原来心里还一直深深爱着会写诗的诗人。

记忆有时是会欺骗人的。那个晚上的叙述，存在许多晦冥不清晰的部分，女人的爱情和经历似乎是经不住推敲的。像一条曲弯的山路，阳光照不到的地方树荫遮蔽、凉气袭人。我又想到曾经在现实生活中，明明记得的此地此物却在彼处寻得，又是记忆在背叛。当我们在多年之后去回忆强加到女人身上的糟糕时，是那些讲述者的记忆，还是我自己的记忆，混作一团，肤浅漂浮，不足以描述最复杂最美妙的情感，不由得黯然神伤，那是一个多么糟糕又多么值得怀念的年代。

"这是哪里，我是谁，我曾经是什么样？"那个不动声色地站在院子里的女人，看着那些陌生的脸孔走来走去，是绝不会记住自己的糟糕名声了。在一场车祸中，她的头磕在了保险杠上，医学专业术语如此称谓——海马体受损。这类遗忘症患者无法想象未来，其脑海里如山峦瀚海般拥挤的记忆也被橡皮擦擦得个干干净净。失忆者常常不知道自己是谁，或感觉有很多的"我"。两年前，在朋友家看到他的孩子，正埋头观看一个十几集的叫《失忆症》的视频动画，是从同名 PSP 游戏改编的——在陌生的咖啡厅醒来的女主角，发现自己丧失了过去的所有记忆。很多人跟她说话表达对她的关心，但她一个也不认识。为了找回失去的记忆，她的人生新故事由此展开。

意识、记忆、身份、妄想、幻觉……对环境的一切正常整合功能皆遭遇破坏，失忆者生活中遇到的困扰无法言喻。很奇异的是，多年后，我提到女人的后来时，父亲母亲、县城里生活过的人，都患上集体遗忘症。但女人又是在我们身边真实存在过的。女人不过是提前把记忆支付给了时间和他者，也是把她那份说不清道不明的情感储存到了更广阔的空间，我们提取其中的片断，我们都是她个体记忆存在的证明人。而她的人生新故事，在未来的记忆里又会是怎样的面貌？我在回想一个少年曾经掌握的记忆时，本身就是在时空的大洋里开始一次记忆板块的漂移游戏，撞击、分离、嵌合、破碎，波浪起伏，循环往复，无始无终……

之失踪者：你去往远方，太阳仍自照耀

醒来的时候，吹过的风凉凉的了，我们的手紧紧地握在一起，却是汗涔涔的。我们脸红地互相对视一眼，跳下草垛，沿着通往县城的唯一公路，走回那个很偏远的小镇。我们轮流讲述草垛上的梦，打破看不见的寂静，那些不同的地点、人物和事件，但都是在远方发生的。我问小佟，有没有在梦里哭过，眼泪会不会醒来还在流。

天光黯淡，回家的路变得漫长，偶有家户的灯火照来，我们的影子拉长又消失，像机械地玩弄一个前奏耗时的小魔术。他一直没有回答眼泪的问题，但我从他的眼里捕捉到一丝颤动的光芒，像一颗小琥珀里盛得下悄悄打开的夜空。

小镇像一个三角形两条边夹的顶角，而且是个锐角。它虽傍临一条大河，河上船只悠悠往来，但因河床的淤积抬高，已经进不了重量吨级的船舶。没有了大船，河流扼杀了人们生活于此的想象与愉悦。通往县城的公路常修常坏，不修更坏，尤

其是雨天，坑坑洼洼，泥泞不堪。这条路的另一个特点是窄，两辆略显宽敞的车相对行驶时，必须停下来一辆，等待对面的车小心翼翼地过去，司机骂完娘发完牢骚，重新上路。

交通的不便注定小镇的老人和孩子很少出门，外面那个世界对于十来岁的我来说，也几乎是空白的。在八十年代中后期工业振兴的背景下，镇上成立了一家风机配件厂，这一新鲜事物出人意料地给小镇带来蓬勃的生机。烂公路也在县政府的干涉下，改头换面，被整修成了一条有厚度的水泥路。运营的班车增多，更多的新鲜玩意儿出现在小镇街面上。还有一个有力的说明，那就是小镇迎来了我所知道的远方来客——北方的工程师佟国庆。他的姓氏在镇上找不出第二人，但叫"国庆"的人可不少，大人们可以从脑子里扫出一箩筐。因了姓氏的独特，这位北方来的客人也独特了。我听到一些人恭敬地称呼他为佟工。他毕业于北方的一所机械精密学院，是风机配件厂请来的技术顾问。当时配件厂处于初建和试运营阶段，佟工程师的加盟和指导，使土生土长的工人们信心倍增，铆足了劲儿干。于是从两幢空荡的厂房里整日整夜地传出当当唧唧的声音。从车间流水线下来的成品被一批批送走，送到我们甚至连名字也没听说过的地方。那些圆形弧形梯形三角形以及各式各样的零配件最后究竟去了哪里，成了哪部机器的一部分，无人知晓。

佟工程师在我眼里是与本地出产的男人不同的。首推体形，典型的北方大汉，体格剽悍，大胡子。每天都刮，脸颊和下巴是那种铁青色。但性格不像平常人们说的北方人豪爽，显得有些苍老、悒郁。他很少与女人说话。厂里有几个女会计女工人试图与他套近乎，他连正眼也不瞧，说不了两句话就扭头走开了。他对酒似乎有着天生的嗜好。家里一个大玻璃瓶，至少是十升的容量，瓶壁泡染成与酒一致的赭黄色。瓶子里泡了人参、天麻、枸杞，还有一条圆睁着眼睛的蛇。蛇安静地躺在药丛里，浑身鼓胀胀的，它是被酒活生生醉死的。佟工程师的妻子是那种戴眼镜短头发的知识型女性，但她从未在小镇出现过，我是在一张照片中见过一面。佟工程师每晚都喝，他把喝酒与加班工作掺杂在一起，一杯酒和一张图纸，在他眼中都是充满诱惑的。他喜欢喝酒画图到深夜。

我之所以对佟工程师印象深刻，当然与他儿子小佟有关。

小佟从遥远的北方来到我们南方小镇，据说乘火车转汽车需要两天多时间才能到达，多年后我想，这就是他流离的命运。他的异乡人身份在我们班显得格格不入。他的北方口音，腼腆的模样以及一些奇怪的癖好，让原本想接纳他的同学们一点点地远离，连老师也感到这小孩性格太内向太偏执了。最后他只有坐到我的旁边，与我这个在某段时间成绩下滑厉害，敢从楼上吐痰到校长身上，暗地给女孩递纸条的坏孩子走在一起，成了亲密的朋友。而我对他的好感，是因为他身上那件崭新的海魂衫。他跑动的时候，仿佛是海浪涌过来，并排坐一起，我能闻到海的声息。在大家面前，我们沉默又孤绝，他总是不会回避别人的挑衅，而我会在众人围攻时挺身而出，那时候打架没有理由，像六月的天气，多变，一个眼神不对就可以翻脸。于是，有了后来的我们，沿着河流、公路走着的我们，在草垛、田野呆坐的我们。无可否认，他是我少年时期最要好的朋友，但我从没见这位朋友挨打后流过眼泪。我以为他是世界上最坚强的人。

小佟常常在午后或下午放学后把我带进配件厂的大门，走进那间光线略暗布置简朴的房间——北方父子临时的家。第一次扑鼻而来的是满房间的大蒜味，极其难受，我几乎呕吐。在这间三十平方米的房子里，我认识了北方的影子，看到小佟如何就着生大蒜吃馒头，把白菜粉条炖成一锅糊。我看到那超大瓶的酒，午后的阳光扑打在玻璃瓶上，色彩显得更厚重起来，并散发出馥郁、芳香之气。瓶里沉淀的静物让人冲动不已，我在多次怂恿之后终于得到他的许可，品尝一点酒的味道。那天是周日，工程师加班，我喝了一小口，又喝了一大口，我的脸红了一整个下午，并且让我一星期不敢和家里人多说话。我头脑清醒，心里火烧火燎，感觉到满嘴的异味，怕招致父母严厉的训斥。我在没有外人的情况下将嘴张开，呼出一口气，让小佟闻闻，还有酒味吗？他往往置之一笑，说是我心里作怪。

心里作怪，我还害怕和佟工程师在房间里相遇，似乎他知道我偷喝酒的事而在等待着给我惩罚。他对酒的嗜好和精明让人觉得酒就是他身上的物品，一清二楚。但在我们见过面后，又感觉到他是个外刚内柔的人。他脸上总是积压着严肃之态，像无时无刻不在思考问题和警惕着周边的人群，或是对儿子的行为持猜疑态度。有一次我被热情地留在他家吃饭，可他做的饭菜味道之差难以描述。饭间，他埋头吃着自己的，嘴里吧唧吧唧，后来他问我能喝酒吗？我一个劲儿地摇头。他平端着杯子，哈哈大笑，酒在杯子里颤，泛起一圈圈波纹。那是我第一次见他笑，然后他一仰头，杯中酒一饮而尽。

小佟也到我家多次，他拘谨得很，我爸妈对他友好的态度超过了对我。只有我俩独处时，他才会放松些，说些以前的经历和他的家乡，说他跟着工程师给人家拜年，一天走十几家，工程师每进一家，首先将桌子上一大杯（碗）酒喝尽，然后抓一把糖塞进他手中。等到晚上工程师醉醺醺地回家倒床就睡，他就从全身上下的口袋里用力地往外掏糖果，塞得太紧太多，他重复掏糖的双手也酸累不已。那些糖要吃多久啊？我问他。他面无表情地回答，很久很久。我看到了他张嘴时发黑的牙根和稀松的牙齿，摇摇头叹了叹气。

但他从来没给我讲过他的妈妈。

我试探地问过有关他妈妈的情况。小佟说，我妈妈走了。我说一定是工程师爱喝酒，你妈讨厌酒就走了，你就没有妈妈了。他争辩道，我妈妈是死了，车祸，我爸爸是在妈妈死后才爱上喝酒的。他拿出那张他妈妈像知识分子的全家福照片，黑白相纸边上有花纹形锯齿。坐在中间被妈妈一手抱着的他真的很小，皮肤白皙，脸蛋婴儿肥，头上插枝花（证实是照相馆作背景的一枝花造成的特殊效果），真像个女孩子。我想到他没有了妈妈，这是一件可怜的事，就问道，你哭过很多次吧？他说，我的眼泪在夜里早都流光了。

我从未跟在同学后面喊他北方鬼佬，始终是站在他一边的。我曾经和一个比我个子高的男同学动了手，他说小佟的妈妈是失踪了，跟别的男人跑了，一个坏女人故意抛弃了丈夫和孩子。我警告他不要乱议论别人的妈妈，高个子满不在乎，又跑到另一群同学之中咬耳朵。我走过去先动手推了他一把，他不乐意就回手打中我的下巴。我发疯似的一顿乱拳还给他，最后那男生鼻子被我打出血，鼻梁到现在还有些歪。我们多年之后遇见，忆叙往事时都哈哈一笑，可当时的我伤心了好一阵，也因此在班上不受欢迎，他们背后指责我是"甫志高"。刚从红色小说《红岩》里记住这个革命叛徒的名字，我们嗤之以鼻，恨之入骨，没想到我竟然也成了这样的"叛变者"。我不可能让他们闭嘴，就只有拳脚相向。我并非打得过人家，但我发现当一个人看不到自己时，对生死疼痛就无所惧畏了。那段时间，我爸爸很不高兴地赔了高个子男生的医药费，三番两次向老师以及与我发生冲撞的同学道歉，却在心里宽容了我。

小佟内心的孤独我心知肚明又无力帮助，有一段时间他对学习、对任何事都提不起兴趣，像是撞了邪的人，心神难以安宁。他也冷落我，我原谅他对我的一切冷落是想让我对他产生敌意，重返原本属于我的那个群体。没过多久，小佟就在那年冬天开始后不久走了。不声不响地镇上就少了一个人。走之前的晚上小佟来我家，留下了他的海魂衫，并告诉我，他妈妈不是车祸，是失踪了，有天早晨她说外出给他买新的冬袄，就再也没回来。你们没去找过吗？我问。小佟暗淡地说，那时他还小，爸爸让我从此闭嘴不提，问一次他就打我一次。

我们之间根本谈不上有什么离别留言，佟工程师当晚很早过来领他回了家。第二日清早一片灰蒙，小佟搭最早的班车去县城，售票员确证他上了车。那天的乘客很少，人们昏沉欲睡，没有人去想一个异乡孩子离开的原因。第三天，佟工程师也离开了，他要去找自己的儿子，这是天经地义的事。不声不响地镇上又少了一个人。但此事过了好几天，才从风机厂的大门里传来，人们内心哗然。没有了妻子，再失去儿子，镇上的人说，佟工还能活下去吗？之后他们父子有没有重见，是去了省城或者回了北方老家，我一直没听到过确切的音讯。小佟走后的日子，我是最寂寞难过的，没有了朋友，同学们似乎都在为一个"叛变者"的孤单落魄而拍手称快。

流言在没有了北方佬儿的冬天遍地生长。佟家父子离开的另一个版本，被湿冷的风一刮，就变成了佟工程师与风机厂厂长的年轻夫人好上了。五十岁的厂长娶的小十几岁的女人好几年都没有生育，问题在哪里，早已是小镇公开的秘密了。厂长是二婚，之前的老婆也没生育，但离婚再嫁后就生了。没有子嗣，这是这位颇有经济头脑、做事大刀阔斧、在镇上算得上一个响当当人物的男人一生最大的失败。

佟工程师与三十岁出头、风姿绰约、待人大方热情的厂长夫人之间发生的一切，与喝酒有关。佟国庆应邀到厂长家中吃饭，喝酒兴起，厂长撂倒了，然后自己上了那女人的床。此后他们多次幽会，也有的说女人本来想和佟工一起走的，厂长知道后气急败坏，以逼走佟工了事。还有各种猜测和臆想，如纷飞的落叶四处飘散，抵达镇上的每个角落。工程师走了，厂长仍是厂长，夫人还是夫人。不过夫人的肚子越来越腆，半年多后，她给厂长生了个眉眼蛮实的小女孩。厂长为此在小镇最豪华的"红楼"办了几十桌流水宴。他喜气洋洋且逢人发盖白沙香烟，眼睛里看不出一丝丝异样的神情。

工程师的"风流韵事"一度使已读中学稍谙世事的同学们暗流涌动。离开了的小佟陷入阴冷的攻击里，他们的目标从佟工程师到小佟，又落到我身上。那些日子，我话语更少，经常一个人躲在校园的角落或夜晚的梦中暗自哭泣。我想象着某一天在陌生的地方又见到小佟，他长高了，结实了，还是那样腼腆。那些想流未流出来的眼泪在眼睛里，会不会帮他照亮夜间的路，冲去心上的尘土。那件海魂衫，我爸爸不由分说，将它还给了佟工程师，我并非觉得难过或遗憾，那是他最喜欢的，也是他失踪的妈妈留给他的念想。当我对故乡和亲情有了更深切的悸动之后，我以为我的朋友小佟并非真的失踪，而只是以一种体面的方式，逃避在异乡的冷落和龃龉。他去往远方，面朝太阳的海边，有一艘船，在海面上随波逐浪，穿着海魂衫的他，驾船沿着有水流的地方走，永远都是白天，没有夜晚，无论走到哪里，太阳仍自照耀。

这是他在那个草垛上的梦，我也做过，永远也不会忘记。

之失语者：把风撕碎成落叶，把雨拼贴成河流

我们隔着一堵墙。裁缝女人用县城话诅咒着这个世界。

这个女人有一双细巧麻利的手，从桌上的布块丛中哧哧哗哗剪出各种形状，然后才让人看到袖口里抖落一把闪光的锋利剪刀。从此无人敢在她面前动怒。

也只有他，能让裁缝女人的眼神变得温和，他的手像拥有另一样魔法，让风暴消失，骤雨停歇。镇上没有人不认识他，有谁会不认识一个疯子呢？可很少有人知道他的名字，奶奶这么对我说，然后指着从桥上走过来的他，他叫肖顺利。

他是镇上最沉默的疯子。我们那里不盛产疯子，但那些年月里总有那么几个。消失了一个，另一个又莫名其妙地出现了。肖顺利是唯一的男疯子，也是在镇上活得最久的。那些女疯子太过嚣张，每天要在大街上撕开嗓子，打雷般地指着长长的街面骂，指着树骂，指着从身边开过去的镇长的小吉普骂。无法无天，有人看到笑面虎般的镇长某天皱了眉头，把这四个字随

同一口浓痰吐到了街面上。但总归没有人敢得罪她们，她们以疯耍疯，继而耍赖，你挑逗她无疑是惹火上身。她们把骂街当作了自己的工作，像到单位点卯似的，上午下午准时来一轮，于是给大街上做生意的人当了报时的钟。她们骂得凶，声音尖利，腔调有别，混杂在嘈杂的市井声中。有的手舞足蹈，额头上沁出一层细密的汗珠，她们不时掀起衣角抹一把。若是夏天，就会露出白白的肚皮，白白的胸罩。这些女疯子很讲究，是戴胸罩的，而且是绣花边的那种。但没过多久，她们就消失了。有的是离开，有的是被死亡带走了。

肖顺利与她们的不同，不仅是因为他在性别上的独一无二，也因为他十来岁就疯了。更多的人称呼他"小疯子"，认为他的沉默就是因为一个人疯得太早，发音和听觉器官都"烧"坏了。他的沉默像一块黑冰冰的铁，镇得大家哑口无言，心里怦怦跳。大家都习惯了女疯子的吵闹，却看不顺眼他的失语。

肖顺利也有他的"工作"特点。大清早就在空阔的大街上走，从家里出发，走过石拱桥，穿过农贸市场，蹿进供销社、农机厂、搬运社、康桥，又返转钻进几条露天巷子里。有时刚起床出来倒尿桶的女人会碰见他，开始都有些畏首畏尾，后来就习惯了。他天天早中晚如此。有时他会停在唾沫四溅、谈笑风生的人群外，像认真倾听的样子；有时他猫着腰看几个老人打骨牌，女人搓麻将，一伙儿男人下象棋。据说肖顺利小时候棋艺过人。现在所知道的是他目睹有人下一盘好棋，就会露出平时难以见到的笑容，碰到臭棋他的眉头比谁皱得都厉害。一张脸扭曲变形，表情怪诞。大人们说他是真正的观棋者，观棋不语的真君子。有人太叽喳，就有人瞪一眼，骂咧道，学学肖疯子！也曾经有大胆者撺掇肖顺利来一局，但他袖子一拂，轻飘飘地离开了。

肖顺利和我算得是校友，虽然我进校时他已经退学了，可我想他肯定在那个破球架下玩过游戏，或洗衣台的石板上打过乒乓球……有次我意外地发现抽屉的木板上刻着肖顺利的名字，放学前就不声不响地把课桌同邻组的调换了，我可不想坐一个疯子曾经的课桌。他的装束在我印象中好几年都变化不大，上身是银灰色卡其布中山装，风纪扣端正地扣着。裤子是蓝色的海军裤，一双绿色的解放军鞋，偶尔换双黑布鞋穿穿。他退学回家后正值青春发育期，胡子和青春痘像野草似的往外冒，脸上弥漫着与年龄不对应的老衰。

我离开镇上到外地读书时，肖顺利还和他的哥嫂住在一起。他哥哥肖胜利是镇上建筑队的水泥匠，一个老实巴交的人；嫂子就是那位裁缝女人，她在自己家中开了裁缝店，手艺在镇上独一无二，只是脾气暴烈，常把那些打她主意的人、蹭来蹭去嚼着荤段子的人骂得垂头丧气。肖顺利出门时从不走前门，前门也是裁缝店面。他每次像鬼魅一样打开后门走出来，把房门上红色的锁搭子扣好，按进一把"江山牌"的小门锁。钥匙放进左胸前的口袋里，一声不吭地走了。他从不干活，肖胜利心情不好时，冲他发脾气，他只是低着头，没人听到过他去辩争。肖顺利的父母去世早，他几乎就是哥哥肖胜利拉扯大的，而裁缝女人也从不曾嫌弃他累赘，像是带着另一个儿子。

肖顺利小时候很聪明，几位小学老师有次谈论他：能言善辩、聪慧过人、品学兼优。语文老师还说起他曾在某次作文中写下诗一般的美妙句子："把风撕碎成落叶，把雨拼贴成河流，我守着比我更小的世界。"关于他原本有着光明前途遂变成一个

"小疯子"的缘故，镇上许多老人唏嘘不已。命中注定，逃不过就得受着，老人们嘴里哀告着，菩萨啊，睁开眼。

说得最多的版本，是有一次肖顺利在家附近折纸飞机玩，不小心把飞机飞进了隔四五间屋的镇人武部陈部长家院子里。门是锁着的，他身手敏捷，爬上院墙，成功进入后，捡到纸飞机，如果他返身走了就不会有后边的事情发生，也许镇上永远没有这个小疯子。肖顺利听到房子里传来吭哧吭哧的声音，像是欢乐又像是痛苦。好奇的他靠近窗户，眼前的一幕把十来岁的他惊呆了：一男一女赤身裸体地做运动（镇上的人喜欢这般称呼男女之间的性事）。女的是陈部长老婆，男的是谁，肖顺利不认识。后来的事情？像是脱了轨的列车。陈部长老婆抓住肖顺利，他看了多久，为什么会被抓住，其中细节耐人寻味。总之他被那女人拖到了大庭广众之下，一口咬定他偷看她洗澡，要作小流氓论处。爱面子的陈部长怒火中烧，对肖顺利连恐带吓，逮到镇派出所关了一天两夜。

肖胜利求尽人情后把肖顺利领回家。肖顺利就不肯再出门，一些不明真相的家长都禁止自家的孩子同他玩，老师开始把他丢在教室的后排角落里。那对男女欲火燃烧扭作一团的场面，带来厄运的呻吟声经常光临肖顺利青春萌动的身体。他在一天夜里发现短裤里湿乎乎一片，快乐与害怕交织。他一天天沉默不语，神情恍惚。就这样变痴呆了，于是人们说，肖顺利神经了，他被吓疯了。

还有一种补充说法，肖顺利在某天傍晚拦住了和他同年级的陈部长的女儿，强迫她做她妈妈做过的事情，又被人抓住，臭打一顿，人被打傻了。不过这事需要考证。

男人不是镇上的。听说肖顺利在变神经的头段日子里，偶尔会从嘴里冒出这样一句话，当时没人懂其中意思。后来又冒出些帮肖顺利平反的说法。与陈部长老婆做运动的是那年下来验兵的某部队副连长，他在镇上"运动"了五天，就杳无音讯了。女人是做贼心虚，倒打一耙。陈部长最终决定与女人离婚，因为后来她与另一个男人搞运动时，被对方妻子的几个兄弟当场活捉。在"交代"中，陈部长老婆一骨碌地说出了以前运动过的对象们，她与陈部长迅速地办理离婚手续，然后喝敌敌畏（剧毒农药）自尽。这些是之后的事，可时间过去了两三年，没有人去同情无辜的肖顺利，喜欢闲言碎语的人们都淡忘了他。

这些都是镇上的老人们断断续续说的，罗生门式的拼凑，是否能还原真实的事件？人人都保持了短暂的缄默。

我也不能算计出，到现在为止，肖顺利已经疯了多少年。听说肖胜利肝癌离世之后，那个裁缝女人还带着他一起生活。裁缝店的生意冷清，女人的手上长满褶皱，再也不能像以前那样能麻利地抖出剪刀，她开始盼望有人上门搭讪，她也陷入了失语之中。前几年我回到镇里看望旧日同学，遇到倚在康桥桥墩上嗑瓜子的肖顺利，他神情颓废，我一下子并没有认出他来。他穿件深蓝色的中山装，布面掉了好几块颜色，下面是一条洗磨得发白的牛仔裤，很滑稽的打扮。他的头抬得老高，天空碧蓝如洗，不知他在自我陶醉什么。从镇上人的嘴里，他从一个沉默的小疯子变成了老疯子。他四十多岁，身体已经发福，一直没有娶妻，头发秃去了大半，背有些佝，嘴唇乌紫，依旧没有人听到他说过什么，即使偶尔咕哝的话也少有人听清。他生活里最主要的事件还是出门，像青年男女轧马路般把镇上的街巷轧个遍。逢下雨时节就扛着把黑伞，伞下的肖顺利，背影有些蹒跚、惆怅，甚至是寒冷。有人说，肖顺利在找一个人，为他洗得真正的清白。我想若真这样，陈部长老婆早死了，而那个没有第二次出现在镇上的副连长，上哪里找呢？陈部长也退休多年，随嫁到县城的女儿去了很远的城市定居。他的院子卖给了从乡下搬来的一个杀猪佬儿。杀猪佬儿常常喝酒，把调皮的儿子打得呱呱叫，儿子越叫，他越狠，像是在杀一头嚎叫的猪。每当肖顺利听到那小孩传来的叫喊声，都会不由自主地抖动身体，脸上露出异常害怕的神情，焦躁不安地在屋子里转来转去。

小孩叫喊的时候，肖顺利的脑子里出现的是一幅怎样的图景，抑或是一片空白？无人得知，也无人愿意猜测，如同人们从没追究过他没有语言的生活，是怎样走过那些安宁的晨光或风雨交加的暗夜。仿佛真是命中注定。

之失独者：扎疼脚的钉子是孤零

从爸爸单位院子大门走出来，正对面十米远处有一条小沟渠，平时沟渠里没水，沟底的乱石砖块横七竖八地摆列着，还有附近居民的垃圾，也被沟渠宽容地接纳。只有到了夏天，镇电排站为了减轻临小镇河流的压力，才会放些水进来，只要稍稍开一点闸，沟渠里就满满当当的了。春耕的时候，电排站也偶尔放几次水。水从沟里流过，不知究竟流到什么地方去。

沟对面是镇上的老居民区。连接沟两边的是三块石预制板"做"成的桥，可见沟是不宽的。三块石板，各自的年代不同，有一块已经坏了，但还藕断丝连地凹在那里，从没有人要把它移走的意思。有时候，个别胆大的小孩子喜欢从上面走过去，大人总是说，你有本事你走，摔死了你莫找我。这当然是气话，走了，也没事。走断桥的人并没有死去。

我常常从断桥上走过去，走向一条笔直的小巷。巷是露天的，我这么笔直地走过去，要走过胡木匠家、郭篾匠家、肖疯子家……足足有二三十户，然后会在临近巷子尽头外，到达桔娭毑家。

桔娭毑应该不是姓桔的，到底姓什么我也没弄清楚。大家都喊她桔娭毑，不管男女老少，也就再也没人去追问过她的真名真姓。名字不也就是一个代号吗？桔娭毑是一个矮个儿、偏胖的老妇人，她早年丧夫，儿子生了一场大病后离世。她从不肯住进镇福利院去，居委会好心的大妈们提出这个建议，马上就被她否决了。她说她绝对不会去，那里哪是住人的地方！不是住人的地方，又是哪里呢？不过这我没敢问出来，这桔娭毑心里琢磨着什么，可真奇怪。

两旁住的好些有手艺的人、做生意的人、普通住户，包括那个疯子，都被我认为是友善的。他们日复一日、年复一年地生活在小镇上，尤其是那些老人，先后从小镇离开尘世，带着留恋的姿态埋进泥土里，不知不觉。

桔娭毑的一生我知之甚微。我喜欢她胖脸上的亲蔼。她大前年去世后，妈妈在我身边接二连三地叹息：我们应该去看看她的。我猜妈妈一定是从县城宽阔的大马路上遇到镇上的老熟人后，就念念叨叨地懊悔了。爸爸说，人的一生都有一个要去的地方。我正在一边看书，目光虽然没离开书本，但什么也没看进去。

我对桔娭毑的感情很深，但这种深怎么也抵挡不住时间和空间的磨蚀。我常去桔娭毑住的小巷里玩，亲热地喊她。桔娭毑总是逢人便夸我懂事。我和桔娭毑，谁是谁手中的风筝，迷糊得很，后来我走到县城又走到更远的城市后，风筝就断了线。

桔娭毑曾是带过我的三个保姆之一。妈妈生我时，一直在离小镇十几里外的小学教书，那个学校有多小，我是没点儿印象了。我那时还在襁褓，妈妈要长途奔波，自然是不方便。在我一两岁时，我就先后被放在学校附近的两位老人家，各待过七八个月时间。我记得一个是妈妈学校老校长的老婆罗娭毑，一个是妈妈学生的母亲夏娭毑。桔娭毑也就是在我三岁多时把我领到她的家中。那一年，早晨妈妈把我送到桔娭毑家，晚上又把我领回去。我只在桔娭毑家度过白天，从没有经历过夜晚。

桔娭毑信佛，她家低矮的堂屋中央供着一尊瓷的观世音菩萨。堂屋一年四季很暗，顶多也只是亮一盏微弱的灯。关于在桔娭毑家那一年的细节，我的记忆零散。那么小怎么可能记得清楚呢？其他孩子对桔娭毑的屋子充满了畏惧，主要是房子光线太暗，不知道在黑暗的角落里藏着些什么吓人的东西，但那丝丝缕缕飘出来的香味又勾引着大家的好奇心。

桔娭毑靠什么生活这个问题我没想过，即使问了，大家也三言两语说不明白。她好像是专门给人家带小孩，可这怎么能养老呢？现在想起来都有些不可思议。桔娭毑没有工作，也从没干过任何带副业性质的事。她唯一做的便是带小孩。我还记得她后来领养过一个小女孩。

小女孩皮肤黑，头发稀，看上去营养不良。听说是桔娭毑乡下一个什么远房亲戚家的，穷，养不活，又嫌弃是女孩，于是托给了桔娭毑。小女孩初次出现在小巷里时，也是两三岁模样，被一个老人皱巴巴的手牵着。走进一个陌生的地方，心中的不安肯定是极大的。桔娭毑把这个我后来知道叫晴晴的小女孩牵回来的时候，我正和几个小玩伴在巷子里玩。我们都围观过来，因为小女孩使劲地哭，不肯进那间低矮的房子。桔嫂驰就在一旁哄，光靠嘴巴哄是哄不好的，小女孩一个劲儿地嚷着要回家。情急之下的桔嫂驰在身上乱摸，终于从口袋里摸出一个小手绢包，拿出一块花糖纸包着的牛皮糖。小女孩大概是从没吃过，也很想吃这牛皮糖，竟然很快地停止了哭泣，一手擦着没落尽的眼泪，一手紧紧抓着牛皮糖，跟着桔嫂驰走进了那扇漆块剥落的门。当时我们不懂事地冲着桔嫂驰喊："桔嫂驰，我也要吃。"桔嫂驰刚刚晴转多云的脸上又露出为难的表情，但她还是冲我们几个小鬼高兴地说："下次桔嫂驰买，今天有得了。"

可想而知，一个小女孩对家的思念绝不会因为一颗牛皮糖而终结，此后桔嫂驰要买多少颗糖才能阻隔那份思念。小女孩八九岁时，我曾在街上遇见她，她也认出了我，嘿嘿笑了一下，露出一口被虫蛀坏的牙齿。这恐怕是吃多了牛皮糖的缘故吧。真是可惜，也不知道现在晴晴的牙齿长好没有，她是不是还那么喜欢吃牛皮糖。

女孩在桔嫂驰家生活了三年，也就是说在小巷里生活了三年。这是桔嫂驰最快乐最满足的日子。但常常把桔嫂驰给吃的东西悄悄藏着掖着的晴晴始终没得到周围小孩子的认可。大家在边上玩，她是没有参与机会的。不要她玩，还因为她笨，学跳皮筋谁也不愿她是一伙儿的，她跳不好就总拖后腿。于是晴晴泪汪汪地去找桔嫂驰，她喊桔嫂驰是极具地方色彩的，"姆妈"，有点儿撒娇的味道。

桔嫂驰没办法，她无法影响以至改变玩耍得高兴的孩子们的意愿，就只好扯一根橡皮筋，绕在家门前的两根木柱上，让晴晴一个人玩。她在一旁唱：

> 周瓜皮，瓜皮周。周瓜皮的老婆在杭州，杭州杭州没解放，周瓜皮的老婆卖冰棒，冰棒冰棒化成水，你说这能卖给谁……

这是桔娭毑编的，还是她从哪里学来的，我不知道，甚至这也有可能是桔娭毑小时候做游戏时唱过的。我喜欢听桔娭毑念唱周瓜皮的儿歌，看晴晴跳皮筋笨笨的样子，她一跳错了，就噘起小嘴，气呼呼的。又要桔娭毑重新开始。桔娭毑坐在巷子路中间，边补着什么旧衣物边重新念唱。

有一天下午，桔娭毑家门口来了一对中年夫妇，乡里人打扮。桔娭毑看见他们，脸色先是一变，然后热情地让他们进屋。晴晴站在一边，这两个人就认真地看着，问她这问她那，还拿出买来的零食逗她。可晴晴好像胆小似的站在一边，没有伸手去接。桔娭毑喊晴晴到外面去玩，留下中年夫妇在房子里，半个多小时后，夫妇俩悻悻地走出门，还回头说了几句什么，我们离得远，什么也没听到。桔娭毑看着他们走了，连忙喊晴晴回家，抱着晴晴的样子，似乎是怕别人抢走似的。

过了几天，中年夫妇又来了，这一次带来了大包小包的东西，他们是早上到的，到中午的时候，就见晴晴被男的牵在手上，走了。晴晴挣着男人的手大呼小叫，姆妈，姆妈。她哭得很凶，跟刚来时一个样，但还是走了。那一整天，桔娭毑的家门紧闭，谁也没看到她出来。

后来听大人们议论纷纷，晴晴是被她的亲生父母要回去了。那乡下人大概是条件好了，或是良心受到谴责。但这对桔娭毑来说，无疑是给她的生活一种剥夺式的打击。很长一段时间里，无论谁喊她，她只是木木地点头。她把自己关在房子里，门或是虚掩的。我们再也没见到桔娭毑念唱周瓜皮的儿歌，那低矮的房檐下再也没有晴晴笨笨地跳皮筋的情景了。

时间总会洗刷一切或深或浅的伤口，至少是给它们抹上一层别的东西。后来，晴晴的事就像没发生似的，她也就是桔娭毑带过的许多的小孩子中的一个，只是时间长些罢了。平时我们很简单地说，不愉快的总会过去吧！可有谁知道，对一个渐渐衰老的失独者曾经造成的心灵伤害，像一颗钉子，扎进脚掌的骨隙里，未见鲜血流，只有痛在身体里如风中秋千般摇荡。

之失眠者：万物皆有裂隙，身体不安如火

他四处宣称，失眠时能与各种神灵鬼怪相遇。他是镇上最严重的失眠症患者。

有人在身后喊他："江跛子，昨夜见到了谁？"他凭声音判断对此人的好恶，才决定转身与否。对于镇上最游手好闲的人，我也从未听过有人叫他真正的名字，他并不姓江，因为自称是跑江湖的，"江跛子"就成了这个江湖中人响当当的外号。他的脚有残疾，也不知是从哪天开始变得一长一短。我老家的土话就喊这样的人"bāi子"。

江跛子假若气定神闲地走路，不细看是看不出残疾来的，可只要他走得稍快点，两条腿就像两根不同高度的弹簧，一起一伏，很有节奏和动感。他总是吹牛，把"小把戏"三个字挂在嘴边，我江跛子搞么子事不是跟玩小把戏一样。他看到我们这群喜欢围观他的孩子，也冲我们大喊，小把戏，来来，来。

从我记事起，江跛子就有这么老了，瘦削，满脸皱纹，眼睛斜吊着，透出一股阴冷之气，十步之外也能闻到他身体上的汗臭味。母亲们吓唬那些夜里吵闹的孩子，往往会说，再哭再闹，让江跛子把你收去做徒弟。江跛子的徒弟，就意味着他即将与蛇、匕首、鲜血等怪异可怕的事物在一起，连他自己的儿子都不喜欢父亲的这些东西，何况别的孩子。于是，哭声大多会戛然而止。

江跛子以流浪为荣，听说他年轻时抛妻别子，孤身闯荡江湖，终成"有名人士"。在镇上他算得上一面旗帜，可竖起了什么，没人说得准。江跛子到过些什么地方，他的光荣历史，他不说便没人知道。他天南海北地炫耀去过这里去过那里，大家半信半疑地点头，似乎是大人在看小孩子玩把戏，心底里在说，让你玩，看你玩出什么名堂。虽然压根儿谈不上荣归故里，但还是有兴趣浓烈的人终日围绕在他身边，递烟，点火，要听他瞎玄（侃）"江湖风云"。江跛子天生就会说，虽然他口角唾沫四射，但故事的悬疑让人忽略了这一毛病，还有他一身的异味。要说到他身上的异味，以臭为基调，又像是打翻了五味瓶，笼统地调和在一起。

江跛子的失眠由来已久，在他跑江湖的年月日里，他投身最便宜的旅馆，或者借宿乡下人家，也有过露宿街头，他常常睡不着，看着黑暗的天空中众多死魂灵行色匆匆。有次，一个长袍紧束的肥胖尊者驻足问他，从何而来，往何地去。他尚未回答就被遗弃，胖尊者早已钻进影子丛中消失。那个地界看起来并不美好，这是江跛子挂在嘴边的一句话。回到镇上，他说整夜不眠但次日依旧抖擞，人们是不信的。但他会说出夜里镇上那些熟睡者不可知的不正常响动。比如李三大概几点出门便溺，张四又梦游了，赵五的孩子生病闹了，王六的老婆快乐地叫喊了。当事者要么讳莫如深，要么爽直地认了。所以人们相信了他的失眠。有好心人同情他，帮他寻访中药；有好事者鼓励他，多去攀附神灵鬼怪，练就通灵术，给人掐算今生与来世。但后来他老婆无意与人说起，睡着了像头猪，鼾扑扑的，翻个边也不会。人们就捂嘴偷偷笑了。

江跛子的老婆年轻时长相不坏，只是一只眼睛有些见不得光，眨巴眨巴的。她是个泼辣的女人，但江跛子有办法对付她。他总结为，嬉皮笑脸，打骂不还手，家里寸事不管。到吃饭时间，回来嚼口饭，喝盅酒，吃完就出门。在江跛子外出十多年的时间里，她一泡屎一泡尿地拉扯大三个儿子，自己也成了一个形象丑陋的老女人。她一天到晚就是在屋子里转悠，逢太阳天就把变成酱油色的被褥搬到阳光下晒，把一桶桶衣服、被单提到藕池河去洗，搅得河面立刻浮起一层油彩似的。她像不辞辛劳的蚂蚁，为过冬储存食物，把一个家操持得有模有样。更狠的是，她在江跛子两耳不闻家中事的情况下，操办了两个儿子的婚事，送高考落榜的小儿子去部队服了三年兵役。这是大家对这个女人刮目相看、佩服得五体投地之处。

江跛子在外面的那些年头终究没玩出什么名堂，但他儿子发达了，搞了钱，养了漂亮情人。二〇〇〇年初，我就听说这三兄弟在沿海某特区城市混得有模有样，还跟政府官员接触频繁，打拼着娱乐和饮食行业的天下。但人们津津乐道的是他们的原始积累，手下管束着几十、上百个小姐，踩着她们的身体开始"荣华富贵"了。他们回来很少，偶尔其中一个回来，便到处炫耀，逢人便说的一句话是：到××，你只管找我，没我们兄弟摆不平的事，但是在镇上，谁动了我妈一根毫毛，老子就把他全身毛刨光。他们的孝顺，倒是真真确确的。

儿子不管爹，所以对于儿子的发迹，江跛子的态度有些暧昧，他似乎不太愿意在镇上提，甚至好几次他喝醉了，就破口大骂三个儿子，靠女人发财算个屌。有人在一边像是劝又像是讽刺地说，莫骂自己啰，还不都是你个跛子搞出来的。江跛子说是说，但他对儿子带回来的好烟好酒来者不拒。"不吃白不吃。"他偶尔大方地给旁人递烟时显得无比开心地说。

早些年，江跛子在家庭经济一度陷入困境时做过各种营生。他最喜欢最拿手的就是玩江湖把戏。呵呵，挣点小钱。他在镇中心的街口，用白石灰画一个圆圈，把几个随身背的袋子丢在周围。袋子脏兮兮的，看不出装了什么。好奇的人围了几圈，面对沉思不语、划手划脚的江跛子议论纷纷。听江跛子夸口，他要表演几个绝技，都是真功夫。

它们的名字我到现在还记得清清楚楚，匕首刺腕、借尸还魂、口吞毒蛇。表演之前，他往往耍弄很长的时间，他的时间是可以无限浪费的，但别人不行。有人没有耐性，走了，但总有人不断地围过来，挤个水泄不通。我们小孩子对这些是最感兴趣的，蹲在最前面，一溜圈儿目不转睛地盯着，等待他把一个个把戏展开。

匕首刺腕。现在想想真是太假了。装模作样流的血是那种劣质红墨水，颜色淡，有时候还是粉红色的。但当时我是那么紧张地看着他用一把亮晃晃的匕首扎进右手腕，匕首尖锐的一头从腕背露出来，还可上下活动，仿佛腕是空心的。那把匕首的柄是木头的，包了几层黑塑料胶，柄尾部吊着一簇红布条。匕首看上去是钢制的，江跛子递到我面前，我不敢摸，我怕他把匕首扎进我的手腕。他举着带匕首的右手腕，右脚一颠一颠地绕着观众，走了一圈又一圈，一句话也不说，脸上的神色是莫名的骄傲。那"血"是不常流的，看他心情好不好。如果心情好，有人嘀咕，没流血？他就会装作痛苦不堪状，弯下腰身，另一只手往怀里掏，等他站起来，手上的"血"开始流作一摊了。他的脸上露出的是灿烂的笑。

还有"借尸还魂"。他能把观众堆里一个人身上的某件小物品从空中抓过来。比如手表、钥匙、钱包。我见过一次，他真的把家住堤边的老伍的手表抓走了。老伍当场一副目瞪口呆的样子，还带头鼓掌，还要拜师学艺，差点儿当众磕头。后来我追着问老伍真是手表被"抓"走了，有什么特别的感觉没有，老伍笑而不答。再后来，我见到老伍与江跛子常在一起喝酒，亲热巴巴的样子，还不时聚头窃笑。我就怀疑两人在搞什么名堂，要不然，每次都是老伍身上的东西不见了，一转眼"真"到了江跛子手上。

只有"口吞毒蛇"，我没看到，一直感到遗憾。好些次他在前两个节目上耗去的时间太多，天色晚了，大家没了多少兴趣。有一次当他真要表演时，我被爸爸从人堆里抓出来，后脑壳被坚硬的指关节敲了几下，然后急匆匆地往学校赶。在课堂上，我满脑子浮现的都是袋子里动来动去的蛇，还有江跛子把蛇吞进去吐出来。我放学后赶过去，可惜散了。我问别人真看到江跛子吞毒蛇了？答案不一。有人带着神气的口吻对我说是的，毒蛇吐着信子从鼻子里哧溜地爬出来，还用手指头示范钻出鼻洞的动作；有人说，信他个鬼，全是骗人的把戏。我就一直后悔着，哪怕他最后没表演成功，哪怕是假的，让我亲自上当受骗一回也心甘情愿。

江跛子做这些把戏，多多少少"骗"到些钱。然后他把钱用到了哪里，给家里老婆了，还是买酒了，没人晓得，恐怕是后者可能性大些。

江跛子是去年死的。他的死与醉酒有关，也与失眠有关。镇里人都知道他是个酒缸，有多深，没人探到过底。许多和他拼酒的人都败下阵，下次见面手一拱，匆忙走了。但那个阶段，他的失眠又犯了，唯有喝酒，把自己灌醉，他就能忘记自己是失眠还是睡着了。失眠让他遗忘这个世界，醉酒是唯一的拯救方式。那天深夜，他在老伍家喝完酒孤身一人回家，不小心掉进老伍家院后的粪坑里，他拼命挣扎喊救命，而老伍早已醉迷糊了。等到第二天路人发现时，江跛子奄奄一息地攀着粪坑边沿，有气无力，半边脸耷在臭不可闻的尿粪中。他老婆烧了三大桶热水，一遍一遍地给江跛子洗，还擦肥皂，倒花露水。进去看的人都捂着鼻子出来了。怪味，以前他身上的味道就是这种味。还有，江跛子的样子太难看了，只是脸蛋看似白了些，皱纹一条条舒展开，他老婆从头至尾没哭。大家这么说。

江跛子两个儿子回来了，听说老三犯事暂时被关了。这小子太嚣张，闹得挺大，用钱也没弄出来。但江跛子的后事是不能等的。他的二儿子要把丧事办成镇里有史以来最隆重的。光道场就做了七天，同时也唱了七个晚上的夜歌。出葬那天，鞭炮声不绝如缕，街面遍布寸厚的纸屑。江跛子的老婆瘦成一张薄纸，歪腻腻地躺在顶着遮阳盖的竹椅上，两个人抬。比起抬江跛子的二十四抬来，她显得可怜兮兮。

关于江跛子的葬礼，还要说的就是它成了他两个儿子那些三教九流的朋友们的聚会。每天吃五喝六，打牌，喝酒，说些黄色笑话，逗得涂脂抹粉的女人们笑得花枝乱颤。到了最后一天，江跛子大儿子的朋友一家前来作上祭，中途出车祸，除了司机重伤，那朋友一家和小汽车都废了。有人说，江跛子在走向地府的路上，还不忘记胡乱抓几个同行者。他一定又是喝了酒，人老了就这样，喝点猫尿连东南西北都分不清了。

有时候人们还聚在一起叹惋的是，江跛子终究没有在失眠的帮助下学会通灵术，而且死的前几年他已不再耍什么把戏了，在他儿子提供的物质享受下，他渐渐"堕落"成一个更加游手好闲的人。从大家交谈时冷漠的表情中看出，江跛子和他的把戏是被时间带走了，他那不安的身体里躲藏着的最有价值的失眠，跟着他的死亡也变得一文不值了。

塔叙述

1

那是一片灰扑扑的老城区，黑色的、赭色的屋脊，高低交错，覆盖倾轧，波浪翻滚。目光投过去，屋脊把一块块光折射到远处的天幕、山峦、湖泊，瞬间刺痛眼睛。

塔就站在一眼望不见尽头的"波浪"之上。瘦削的身体，穿一身褶皱青衣，脸色永远苍白。它望着眼皮底下的屋脊，一声不吭，像个落魄男，换个角度，又变成一位风韵犹存却伶仃寡欢的失魂女，冷冰冰地打量斑斓世界，却无论如何也兴奋不起来。

这尊塔，记录了我对这座城市的最初印象。二十年前，我懵懂无知地"探"进这座城市。成长于乡野之地的少年，十三岁半离家，尚未脱去稚气，硬生生地闯入一个不知日后将会发生怎样密切关系的新天地。那时候，我乘坐的大客车要搭上轮渡才能抵达城市。汽车排着老长的队伍等待，把前面的车挤上船，然后等着后面的车把自己挤上去。我在车上伸长脖子，也看不清城市的面目，只能眺望车窗外一湖阔朗的水波。

我从小在水边上长大，但水与水是不同的。溪入河，湖入江，归于海，儿时课文中的书写，让水拥有了不同的气质与姿态。流年似水，水付流年。这座城市的古老与盛名，也依赖于一湖水的源远流长，和水在遥远岁月独占的交通优势。我的中学语文老师，一个严肃老头儿。好些次去他们家蹭饭吃的餐桌上，他侃侃谈到未来我必将通过的这座城市，提到了水的北通巫峡、南极潇湘，水的朝晖夕阴、气象万千，但我却记住了他只用简单几句话描述的那尊塔——"日出之初，影射重湖，镇洞庭水孽。"他把这行字写在纸上又轻轻地擦去，淡淡的字迹在我的脑海中翻荡成一幕幕儿时连环画上看到的影像，灾难、搏斗、吞噬、献祭、平息、宁静……我还好奇那"妖孽"存在的真假、长相的美丑（多数是狰狞恐怖）、搏斗的输赢，直到新的好奇将此覆盖。

　　水挑拨起我对塔的向往。在我"渡"到这座城市的漫长分秒中，呆立水边的塔，在旁人的指点下，若隐若现，塔撑起的那片天地，紧紧攫住我的目光。被时光遗忘的旧物，在水的波光浪影中，戴上一道神秘而模糊的光环。

　　到城里学校安顿好不久，我就向人打听塔的准确地址和前往方式。那时没有百度、高德等导航之说，嘴巴是唯一的向导。我那些从各地聚集的同学，似乎少有人听说过塔的名字，这让我有了一种莫名的骄傲感。但当我夹着鹦鹉学舌的普通话向本地人询问时，平翘不分的发音，他人眼神中飘过的嘲笑之情，模棱两可的回答，又严重挫伤了我的自尊心。

　　彷徨、犹豫，像一团浓密的烟雾挥之不散。那些不尽如人意的描述，让一个初来乍到的少年极容易迷失在并不宽阔但纵横交错的街道上。地名的生疏、路线的重叠，让脑子一片糊涂，一次次求证，我在纸上画下一根根长短不一、标示距离的线条。这成了我手绘的第一张地图，夏天的尾巴生长出来才完成。

　　我终于决定在一天下午出发，去看看"离得不远"的塔。我从位于城中央的学校走出，顶着再度进攻的茂盛暑热。路经服装店、餐馆、商场，我毫无兴致光顾它们。那时的公共交通不发达，我也压根儿没打算掏出少有的几个零花钱替代我那健康的双腿。汗涔涔的手，不时从裤兜里掏出一张正反两面都画着路线图的纸。纸面的褶皱，跟脚下的路面一样坎坷不平。我摸不准走了多长时间。夜色渐渐衰微，从纸上延伸到眼前的这条路，杂草、麻石、沙砾、坑洼，磕绊着我的脚步。后来我走上一条沿湖道路，岸边齐腰深的青草翠叶，在湖风的挥舞中左摇右摆。圆日吻着水际线，发出越来越暗红的光，沉落的速度越来越快，我扎紧身子向前走，道路另一侧，高大楼群、茂盛林木之间的光线刹那间变得暗淡。

　　手绘地图变得不再可靠，嘴巴当起了"向导"。"沿着这条路往前走，过两个路口。""到前面杂货店往左拐，下一个路口再右转。"……没有东南西北之分，没有某某路名之说，一直是这座城市居民固执的指路之法。我琢磨着"快了快了"，催促着自己加快速度，却又在视野里搜索不到塔的存在。抵达似乎变成一件越来越遥远的事。我一点儿都没心情欣赏远处湖面上金光万道的迷人景致，只看到宏阔的湖面像头巨兽，张开褐红色的嘴，吞掉落日，直接吐出一缕缕淡淡的墨液泼满天空。

2

　　一条狭长的路在脚下铺开，两边的店面里有几家闪出模糊的光，经年积压混杂的鱼腥味弥漫。气味里会跳出鱼折腾着身体和内脏污秽的画面。路的尽头是一团无法判知方向深浅的墨黑。

"到了鱼巷子，就离塔不远了。"指路人的答案符合此刻的场景。鱼巷子是水边上的一个集市，过去多少年，那些渔民打鱼上岸，就在附近交易，久而久之成为远近闻名的鱼市。不安的内心，迫切地需要证实离塔的远近。一家渔具店前，几张小方凳拼成的饭桌上剩几枚空碗，一个肤色黧黑、光膀子的老男人打着酒嗝。女主人撤走那盏光焰如花骨朵般的油灯，我们眼前的光亮一下湮没在黑暗之中。我怯怯地问："这里……塔还有多远？"老男人优哉地晃着他屁股下那张吱呀作响的摇椅，舌尖在齿缝间剔寻残余的菜渣。他瞟了瞟面前满头大汗的少年，骄傲地笑着，然后吐出猜谜般的八个字："远在天边，近在眼前。"

他的回答让我欣喜地抬头四顾，却又很快掉进一口枯深的窨井。眼前是一片静谧，黑黢黢的静谧。我只能借着星星点点的亮光，勉强辨识路边近处的水泥电线杆、挑起的屋檐、伸出来的店铺棚罩，却看不到"近在眼前"的塔。后来被我证实，塔离我的直线距离也就两三百米，升起的浓密夜色，把塔隐匿进一片虚无之中。

可怜的我睁大眼睛，在熹微的亮光下辨认着那一排排老屋，阒寂无声，似乎一挨夜，人与房子就整齐地进入了梦乡。一片片屋脊，像泼开的墨，往夜晚这张铺了底色的大宣纸的另一头跑。塔呢，站在屋脊上，轮廓线向四周漫开，一花眼就溶化在夜色中。

待我懊恼地离开，夜幕下一个声音拦住了我的脚步。"喂！"我站在声音面前，等待更多的声音从夜色的海底游上来，可光膀子的老男人只是冲我挥了挥手，我把那理解为催促我离开。

他的奇怪之举，让莫名的恐惧潮汐般占领身体，我加快步伐，然后，忘记正在进攻的饥饿和疲倦，撒开腿奔跑起来。

出发前的满怀欣喜，像一团即将熄灭的火焰，冷恹恹地扑闪着。陌生的城市，陌生的街道，陌生的夜色，一次次冲锋陷阵，我拼命顶着，找来各种可以撑挡的坚硬物体。放弃是可耻的，成功历来离失败仅一步之遥，我默念曾经摘抄在日记本上的励志句子告诫自己。你可以想象，一个少年，为了一次抵达，要走过多么繁复的心路，经历一场千情万绪的战斗。

我与塔的第一次遭遇便这般潦草地结束。长在屋脊上的塔。屋脊塔。这是我篡改的称谓。它匍匐在我记忆的丛林深处，杂草凄凄，满身孤独，蛊魅摇荡，被时光的洪流掩盖。

3

二十年后，我离开这座城市，挥之不去的城市影像里，众多的建筑标识、人事往来，在脑海中你起我落、熙熙攘攘，而塔的形象一直是跟随着夜色、暑热和老男人的怪举抵达的。这二十年，我也说不上有过多少次一个人或陪外来朋友看塔的经历，每一次的场景仿佛都是流动的，只有塔寂寞而淡定地站在那里，看着奇奇怪怪的人们在老街上走来走去。

"砖石结构，楼阁式，七级八方，实心，塔基、塔身和塔顶三部分组成，整个塔高度为三十五米（也有通高三十九米之说，数字的差别不知从何说起），占地六十四平方米。"这是输入塔名三个字即可百度而知的讯息。谁也没有登上过塔，去眺望水的风光，塔的实心，注定它只能简单成为这座古城的一个特定坐标。水在老城区划下一道边界，城市长大的步履，在这里停下，只有不断地往东走，越走越远，日新月异，而沧桑的老街则愈加沉寂冷清。但老居民和外来者，每每谈起这座城市，都无法回避塔的存在。他们需要从塔出发，像寻找宝藏的入口一样，才能拼凑出一个记忆中的城与市。

塔的四周拥簇着密集的院落和民居。人间烟火常年四季熏染着它。黄昏时分，一些不知名的飞鸟，一拨飞走一拨飞来，绕着塔尖这一圆心，力气饱满地旋转。

一九五六年，塔跻身"省级重点文物单位"名录，还确定了"塔东面十五米，西、北、南三方向外延伸四十米为保护范围"。这些文件上的规定，在实际中走了样。四周矮小的房屋将塔紧紧地束缚，周边与房子的距离不超过一米。这是让很多人产生塔长在屋脊之上的错觉的根本原因。

年代旧远的房子，破旧、褊狭、黯淡，有的捡拾得井井有条，有的则凌乱不堪。雨季过后，沿线房屋的石墙基座争先恐后地长出青苔，这些深绿色的生命，见缝插针，从砖缝间一丛一丛地盛开，还残留着前些时日的雨水，昔日的繁华像毛茸茸的苔藓中的蜉蝣过客，只剩下今日的冷落。塔身转角倚柱处摇曳着一丛丛蓬乱的青草，砖缝间的青苔点缀，平添了几分凄凉之感。

年过七旬的老头儿曹岳欣，喜欢坐在他阴暗逼仄的房子门口，尽其所知地跟来访的人闲聊有关塔的一切。这是个热情的老头儿，在当地报纸的报道中出现过多次。十三岁学艺，省吃俭用，买房安家，在塔下几十年一晃而过。塔、房屋变旧了，那些熟悉的老邻居都变没了。老头儿叹气，声音在弯曲的巷壁上碰撞，拖一个长尾巴跑远。跟着他去认巷弄里的老建筑，坡下的一栋两层木楼，百年历史，保存较好，但空无一人，解放前屠户出身的主人早已辞世，七十多岁的儿子退休后住在单位分的小区里，也不租卖传家的祖屋，只是让它独自承受着岁月的风吹雨打。

某一次，我路过，又钻进巷弄，塔下站着一个头发稀落的男子，他那颗略微偏大的头，安在一个矮瘦的躯体之上，给人滑稽之感。他抬着头，嘴里排列着一串阿拉伯数字。看到从瓦檐下走出来的我，他望了一眼，又接着数，一根粗壮的手指在空中点击着。他神情严肃，旁若无人，仿佛是一场正式演出。

我不敢冒失发笑。我不清楚他在数什么，很好奇地站在他的身后，似乎也加入演出之中。他数数的数位在向上增长之后，我发现，他会跳开，或者又回到一个莫名的地方重新开始。曹爹从石阶下的屋里推门走出来，吆喝着男子"回家"，骂了句脏话："妈的屁，数了几十年，你还没数清楚。"然后冲我使了个眼色，指着脑袋示意。"噢，噢！八万八！"男子嘻嘻哈哈地笑了，嘴角竟然不自觉地淌下一缕淡淡的涎水。

曹爹的眼神，让我明白了男子的怪异举动。他可能是这条老街上的原住民，想数清楚塔是由多少块砖垒起。青灰色的砖，一块块重叠，从来没有人想过要知道塔砖的真实数量，只有一个傻子。

确实没有人去认真思考过，这座塔要垒砌多少青砖。这是个多么无聊的念头。侵蚀、松动、风化的一些砖块经常会在夜晚坠落在四周的屋顶之上，不堪一击的屋瓦，有的被砸裂，一到雨天就闯祸漏水。家境不好的家户主人就去找街道和社区的干部。干部们经常为此愠怒，可怜巴巴的办公经费填补不了几个裂漏，这些房子搬不动，居民不愿迁走，补偿的标准永远不会让整条街的人满意。

4

塔一路走来，它的名字、出身、变迁，常为人们争议或遗忘。历史、传说、战乱，模糊了追证的准确性。有关塔的考据，一度让这座城市里几个热爱历史的老头儿争得面红耳赤，"晋创""唐建""宋造"，争议的还有塔的来历，一说是压邪的风水塔，二说是礼佛的佛塔，没有定论，唯一无法辩驳的事实是活生生站在眼前的塔本身。

与那些反复考据过的史料比照，我更喜欢口头相传的传说——从前，水妖作怪，老百姓苦不堪言，决定集资建座宝塔镇妖。附近一户人家，家人被水妖掀起的恶浪吞没，仅剩寡妇慈氏。听说要建塔，她便把多年积蓄的钱全部捐献，还日夜前往工地为造塔的人烧茶送水，人们为了纪念她，就以她的名字给塔命名。而另一个传说，说的是竣工之日，修建者提议，要让塔显灵，则需要一个童男或童女守塔育魂，慈氏之女勇敢站出来完成了生命献祭。

慈氏之名从此流传的版本还来自弥勒梵音"梅怛丽耶"的翻译。"梅怛丽耶"这一美丽的乳名，源于一位名为孟珙之人的佛心。孟珙何许人也？一次次抚摸塔下方的碑铭，字体凹陷，字迹暗淡，凑得很近方可辨认那盖棺论定的说法：南宋淳祐二年（一二四二年），孟珙同时建寺、塔。身为随州枣阳人的孟珙，出身武将世家，曾率领父亲留下的"忠义军"于荆襄、洞庭湖一带与金、蒙军队战斗百余次，威名赫赫。《宋史·孟珙传》记载："珙忠君体国，可贵金石。远货色，绝滋味。亦通佛学，号

'无庵居士'。"这位虔诚的佛教信徒,在战争期间发动当地商贾、豪绅募集资金,采用青砖修建了这座楼阁式宝塔,立塔教化后人"善良为本,慈悲为怀",并以弥勒佛之意命名。塔身砖石垒实,八方不留缝隙,则表达出他抗击元军、收复河山的坚强决心。

我在图书馆翻阅塔的"前世",眼前时常会浮出另一种景象——孟珙将军对佛塔的装饰十分考究,他从第一层起,在每层东、西、南、北四个方向外各建一佛龛,全塔共建二十八个佛龛,里面各用青铜铸造一尊释迦牟尼佛像供奉其间。塔顶用黄金铸造了近两米高的圆柱,柱顶立一金质圆球,在太阳的照射下金光璀璨,意谓"佛光普照""法轮常转"。每层八角檐上各挂了一个用紫铜打造的"法钟",湖风吹来,铜钟自鸣,意谓"警钟唤醒梦中人"。而如今呈现的,佛像、佛龛、铜钟、金顶早已不见踪影,被时间抢掠一空的塔,只剩下建筑最初的式样。

二〇一四年十月,也就是我离开后不久,文物管理部门开始着手整饬塔的硬伤和塔下的环境。家家户户墙壁上,鲜红的数字,装在一个歪斜的圆圈里。有据可考的大事记里,南宋淳祐二年及以后的元、明、清各朝均对塔进行了不同程度的维修,最后一次是清嘉庆二十四年。这意味着距离最近的一次维修已是一百九十五年前的事了。

再看到满腹心酸的塔,被锈迹斑驳的钢管包围,像困在厚茧中的蛾蛹。搭起来的脚手架,塞满了通道。过往的人必须小心翼翼地穿行。入巷口破产改制的水运公司旧办公楼刚经历过一场火灾,标牌上的设计图样是它未来的面貌,塔下民居的破损屋顶在大面积修补,尤其是塔自身的加固和修复,都将是空前的。当地媒体持续关注这一维修大动作,不时往外透露进展和发现——

"根据搭架实测的现场观察和调查了解，发现在塔身第五层北、第七层西壁龛中均保存有完整的佛像；第四层南、北两侧，第五层西侧，第六层南、西侧等，都发现有佛像残片。此次实测共发现完整的佛像三尊、基本完整的两尊、半身的三尊。这些佛像为陶质，有明显的彩绘痕迹，且形态各异。经专家初步鉴定，保存完整的三尊佛像价值较高，其时代不会晚于明代。

"尤为可喜的是，还在第四层南面和西面壁龛中发现了石刻碑文和铭文砖等重要文物，详细地记载了嘉庆二十四年维修的情况和承修人、监工、工匠和塑造二十四尊佛像人的姓名等，填补了该塔维修史中的空白。"

当读到这些新闻的时候，我非常纳闷：这么多年来，竟然没有人发现这些。

我与在现场报道的媒体朋友探讨这一话题，深深地感慨地方文物保护意识的淡薄，又惊叹塔的种种神奇。抗日战争爆发后，日军几度摧之而未毁。一九三七年到一九三八年间，日军飞机先后在城区投弹三十多次，南津港铁路桥、洞庭路、柴家岭、油炸岭、乾明寺街、南岳坡、梅溪桥等地大量房屋被毁，街道几近废墟，而塔兀自岿然不动。一九四〇年，日军进城后，欲进塔寻宝却找不到塔身入口，遂采用小钢炮轰炸的办法，所幸的是除第二层塔身上留下几个小洞外依旧屹立未毁。朋友说就此事求证过一些史料和当地老人，言说一致。

"那是佛祖的护佑。"说话的陈姓老人，住塔左下方的一独门独户的小院。我敲门而入时，院里香火飘绕，供奉平安。他自称祖辈几代安家这里，最有发言权。他的曾祖父进城学艺，攒钱买下这小院，看中的就是塔的吉祥，有佛光的照耀。他聊起"文化大革命"期间，破四旧的"红卫兵"与"造反派"达成共识，要拆除这座迷信之塔，以示"革命"决心。塔的四周搭起了赶制的脚梯，盛气凌人的小将们要从塔顶一层层剥落愚昧人民群众的象征。关键时刻，来自中南海周恩来总理的一道"必须保护国家重点文物古迹的重要指示"，保住了这孤苦的生命。"这也是佛祖的护佑。不然的话今天早看不到塔了。"老人的语气不容置疑。但当提到那些没有被日寇盗走的八角塔檐上的紫铜"法钟"和佛龛内的多尊青铜佛像，他摇摇头，说不清去向，眼神里浮上一片茫然。

5

老城区越来越看不到活泼的气息，像嗜睡的一群耄耋老者，天色擦黑就困倦了，而塔，也半睡半醒，无精打采。

二〇一三年七月中旬的一个晚上，离塔十余米远的民居发生火灾，一场冲天大火，让附近的人们从梦中惊慌失措地爬起来。木质结构的房子，一旦着火就难以控制，人们眼睁睁地看着火势迅速蔓延，呼啸的消防车从狭窄的通道艰难地驶近着火点，奋力扑救之下，还是有四户人家烧成灰烬。扑腾的火舌，呼哧，嗞啦，啸成一道锐利的声响震荡着人们的耳膜。火光舔舐着塔瘦弱的身躯和苍白的脸庞。多少年来，它在夜晚从未如此耀眼过。

塔最终安然无恙。事后查实，又是一起因电线老化造成的火灾。知情人站出来叹息，被烧的房屋是民国时期的建筑，过去是水运公司的办公楼，后来被一些员工瓜分居住甚至转租，彻底成了民宅。这一片的房子哪一间不是有着可追溯的时光。

惊悸未定的人们耿耿于怀的是，在这片老城区，同类起因的火灾一年总有或大或小的几起发生。旧房子无法拆建，使用多年的水管电线都变得弱不禁风。没有人管，也没人管得了。对老街文物保护的规定、拆迁还建的巨大经济成本、纷繁复杂的群众工作，成为一把"双刃剑"。摆在人们面前最棘手的，是那些茂密的房子，房挨房、栋接栋，火灾极易吞噬掉这些为许多人遮风挡雨的家。

火是塔的敌人，自古往今有多少精致的木塔毁于一场场火灾。我从有关中国建筑史的书籍中翻读到，中国古塔是东汉时期随佛教从印度传入的，是印度佛教建筑"窣堵坡"（即坟冢）与中国传统阁楼建筑相结合的产物。而中国早期的塔都是木塔，且多为阁楼式或亭阁式，形成了具有中国特色的塔式建筑。我曾固执地想象，木塔的易腐蚀、易虫蛀、易火灾，矗立眼前的它也没能逃脱毁灭重生的宿命。

远离城市的密集灯火，塔身处的环境显得格外幽静孤寂。住在周边的居民，多数是些有传统手艺的老人和那些破产改制企业淘汰的中年人。在那些曾经红火的冰棒厂、百货公司、五交化公司等单位进进出出，日子殷实，生活安泰，而如今，潮湿、破漏、黑暗、孤独、疾病，伴随他们在十几平方米的旧宅里重复着杯盘羞涩的起居。病痛的呻吟，悲伤的喘息，在这里回荡成更幽冥的孤独。我认识的一对夫妻，双双下岗后靠打零工维持一家人的生计，上有九十多岁的母亲，下有尚在求学的儿子。他们家唯一的电器是一台淘汰的二手彩电，十八吋，球面屏幕，变形厉害。这般经济状况的家庭比比皆是，贫富差距，让脚步缓慢的老一辈人被束之高阁，"儿女"这一代年轻人从这里的出走，就成了他们的希望。

塔怀着复杂的感情，看着那些面色如云翳般愁展不开的人们。我去的次数多了，有时就坐在几个老人中间。他们七嘴八舌，记忆之闸泄洪，泥沙俱下，唇齿之间，命运沉浮。

一个年轻的父亲，甩下年幼的儿子，沿着湖岸往南，走上继续往南的铁轨，在塔的注视下走远。无业游民、懦弱寡言、性格乖戾，妻子跑了、老父多病、孩子智障，种种不幸接踵而来。人们议论着他出走的冲动，和他还会不会回来。他干瘦的儿子在一旁冷不丁插嘴："我爸爸会回来的，他不会迷路的。他看到塔就找到自己的家了。"人们一阵哑然，掉进一片愕然之中。

独居的老妇，从不让人跨进她的家门。据说她年轻时貌美娇艳，迷倒了不少志在必得的英俊青年，却喜欢上一位其貌不扬的有妇之夫。那男的居然为了这份爱狠心毒死发妻并抛尸湖中，然后高调对外宣称妻子不忠跟人跑了。死者娘家兄弟不肯相信，请来法师向塔请灵，碗里的清水竟然瞬间显现女人的愁容，纸条沉入碗底，法师由此得出遭人谋害的结论。娘家兄弟花钱请人四处搜寻，最后意外从下游渔民打捞的弃尸中认出了遇害的女人。正秘密准备新婚的男人慌了神，惶惶不可终日，最终把罪行向心仪的年轻女子吐露。女子在与他行过夫妻之礼后的早晨，把公安带到了他面前。那时正碰上全国范围的严打，男的很快判处死刑。这个老实男人的恶行一度轰动整条街道，那些未能俘获女子芳心的人幸灾乐祸，暗地拼凑出男人如何毒害妻子的若干版本。苦了女人背负一个道德不良、心残情狠的不祥名声，遭人唾弃，此后多年她就守着这桩未开始就夭折了的婚姻。很多人从没听过她开口说话，据传她的声音像百灵鸟一样的愉悦动听……

千奇百怪的人生故事，在塔前街上摸爬滚打，也许还有些更闻所未闻、骇人听闻的秘密被埋进死人的嘴里，塔是唯一的见证者，但它只张开巨大的口袋，一把把抓起人们的喜怒哀乐，抓进去那些欢情、绝望、龌龊、耻辱……悉数封存在时间的蜂房里。

6

宝塔巷、上马家湾、下马家湾、羊叉街、君山巷。这些名字都在某个时间节点上与这座湖南境内最早的砖塔共存过，可现在你找不见标牌，这些名字只保留在老人的口头和记忆里。解不开的历史深处的时间咒语，只有当你真实地走到塔的身边，你看着它守望的苍凉，内心的波纹向外扩散，然后消失。北边的街河口、鱼巷子，在铁路没修之前，披着露水的渔民踩着湿漉漉的青石板上岸，就地交易，安家落户，至今巷口附近还保存着一幢有上百年历史的破旧小祠堂。地名的得来与消失，已为越来越多的人所忘记，却都在塔的记忆里有着清晰的来龙去脉。

塔的对街是一个现代兴建的基督教堂。上帝的旨意渗进每一座城市的风蚀地带。街区的很大一部分人，在生活的底层努力拼搏或随波逐流，既柔软又坚韧，孤独是他们日常生活的底色。在被孤独挤兑到难以忍受之际，他们选择走进高挺的教堂聆听圣灵的教诲，揣摩、剥开救赎的教义。

那个钉在十字架上的异国男子耶稣，是上帝的儿子。进出的人们慢慢熟悉了他的故事，从受死、埋葬，到第三天复活，他的死只是为世人担当罪过。这让私利心重的人脔心惊颤。天国的圣洁、公义、爱人、施舍、爱仇敌、禁食、祷告、勿爱钱财、毋论断人、真诚无欺、听道行道，让他们发现这是一个与过往不同的精神国度，更重要的是他们被告诫的一条，凡悔改相信耶稣的，罪过可以赦免。有谁是没有罪过呢？塔前街人的祖先，也许都是信奉因果轮回，万物缘聚则有、缘尽则散的佛教徒。不同的教义观，在他们的日常生活中对撞得头破血流，无语凝噎，他们最终做出自己的选择。教堂雪白的墙壁上矗立的十字架与饱经沧桑的塔，四目相对，默然无语。它们是否在暗夜争论无人知晓。塔只是无奈地看着那些平庸的人们，穿梭于深邃的教堂门厅之间，把一声声悲叹丢进风中。

屡次望及老城区，我始终有着难以释怀的抵触情绪。我的同学朱某，老家是农村的，成绩优异，学生会干部，毕业后跳"龙门"留下来，工作能力强，一年半后调到了离塔不远的小学担任教务主任。一天深夜，他在校园里的教师宿舍里意外身亡。次日下午的课堂上没有出现他的身影，同事去拍他的房门，从锁洞里看到了恐怖的一幕：他横卧在地上，脖子上绕着一根崭新的麻绳，平日微凸的眼珠向外更加暴露。人命关天，学校顿时闹得沸沸扬扬。报案一星期后，区公安局下的结论是自杀。他的家人、同事，及散落在城市里平日联络较多的同学，都对此说法深表质疑。性格开朗，几天前还跟人把酒换盏，看不到有半丝痛苦隐秘以至自行了断的迹象，况且要自己用一根绳子勒颈窒息，这需要多大的力量，那是多大的赴死决心。现场的描述和结论，让我实在没有太多的想象力。

这是二十世纪九十年代末发生的事。遗憾的是，当时各方面条件都不成熟，我们没有力量去纠正，甚至抗议这一结论。同学的祖上世代是老实巴交的农民，刚参加工作时间不长的同学们谈不上有什么关系网络，去公安部门几番交涉无人搭理。结案文件上盖着一枚暗红色的公章，为一个生命讨个说法在这个圆圈面前戛然而止。

同学之间唯一能做的是，到了离城百余公里的乡间，参加他的出殡仪式，见最后一面。那实在是个太普通不过的农家，朱同学分配到城里工作，这是他全家上下为之振奋和骄傲的事，如果不出意外，如今的他应该是一所城区学校的校长，或者是调到区教育局或政府机关部门从事行政工作。但一切可能性都止步于那个离奇的夜晚。出殡前夜，乡间的葬仪一个程序也不少地消磨着浓稠的时光，拥挤的悲伤在亲友乡邻中撕裂成长长的泣诉。一路颠簸的我们毫无困意，依然纠结于探寻死亡前的细节。

霸道的死亡不会撤销，而我们连基本的知情权都被剥夺。后来相当长的一段日子，同学之间相互提醒，保存着那一缕忧伤。大家传递着从各种途径打听到的讯息。传得最多的是，朱同学无意中知晓某个秘密，被人蓄意谋杀；性情耿直的他得罪了黑社会后被杀，个中缘由却语焉不详。后一种说法被普遍认同，老城区的黑恶势力犬牙交错，自杀现场的制造非一般人可为。也许，塔是一个忠实的目击者，我们仇视的目光抛向它，也毫无回应的声响。几百年来，这座城市形形色色的死亡，塔都经历过，但它选择了缄默，让时间把死亡连同秘密埋在塔心里。

7

喜欢摄影的朋友一直在关注老城区改造项目的进展，说了多年却变化丛生、进度缓慢。他是想用光影记录一个生命体的消亡和诞生。电话里朋友告诉我，项目启动又停下了，巨大的拆迁和建设成本，"房地产行业禁令频出"这道魔咒无法破解。听不出他的语气里到底是高兴还是担忧。一切又回归原貌，日子重复日子。

街道两旁，那些一成不变的店面——丝网毫须毫子打包带批发、刻字厂、打鱼佬特色鱼馆、江清侠中西结合门诊、好帮手清洁用品批发、牙科诊所、兴旺布行……破旧的屋瓦上尘灰叠积，茅草茂盛，店面前门可罗雀。穿过房屋丛中的任意一条窄巷，人们可以走到湖边，目睹水逝不返的现实场景，凭吊一下心中那些忧郁的往事。

塔的视线，往南延伸可至京广铁路线，火车经年累月地奔跑、呼啸，隐没于一条矮矮的隧洞。常有三五成群的鸟，栖身于塔檐上，眨眼间又腾空而起，向着声响的方向飞去。仿佛那骇人的声响，是从鸟小小的躯体里发出的。

最近一次去看塔，与一场暴雨不期而遇。隔着车窗，雨水嗒嗒地冲刷着车顶、玻璃，也浇洗着塔前街上的尘灰。这条路做过一次修补，已告别曾经的泥泞坑洼，但少数几个路面凹陷处，车轮疾驶而过，溅起一道长长的弧形水花。

气温升降无常，让这座城市的四季不再分明，短袖衬衫一跃就套上厚毛衣长外套。季节的减法，省略了太多美的展示。

塔在萧索清冷的天气，更显得老沉委顿。它哆哆嗦嗦地站在风雨中，瘦削的身体散发出更大的寒意。塔前街上的人，都习惯了这种寒碜、贫弱、世态炎凉、生老病死。塔是这城市最大的孤独者，聚集着一群彼此孤独的人。这让我想起几年前未完成的与它有关的一首诗作：我偏爱屋脊塔的孤独，/我偏爱描摹低空飞翔的身姿，/我偏爱嗜酒者说出半生的秘密，/我偏爱鸟儿连根拔起它所撞见的悲惨命运……我诵念它们的干寞声音，被雨水一行行打湿。

雨刮器发出的刺耳之音，在弯曲的耳道横冲直撞。天光晦涩不开，车内空气沉闷，我犹豫着是继续晕晕沉沉地等待，还是撤离。短暂的清晰视野里，看不到平日那些闲散的人，雨水纠缠不清地织出一张大幕，一切都那么模糊地存在着——塔，依旧无限孤独地站在望不见尽头的屋脊之上。

没有对象的牙齿

1

站在县城法院的阶基上，头顶上是一个硕大的国徽。云姐迅速把眼睛往低处放，像是搜寻失落的东西。她的手，不易察觉地抖动着。

这一幕让陪着她来办离婚手续的我瞅个正着。我装着什么也没看见，只是说，我再打个电话。

电话是打给法院的人。我托了在县城工作的朋友，朋友又找了一个朋友，此般辗转，终于在法院办理离婚的民事庭找到了一个熟人。

因为没有来办过，听说手续很复杂，尤其是云姐这样的情况。当事人一方不在，无法现场宣判，必须公告，且公告半年时间。起初还有人说，你必须得把那个人找回来，不然这婚一定离不了。云姐在"找回来"面前退缩了，对于寻找极大可能找不回来的那个人，她束手无策。

那个人，云姐的丈夫，十二年前离家出走，就再也没回来过，连他的父母也不知道他生在何处，死在何方。倒是经常会有些乡邻春节返乡时突然间说起，好像在东莞的街头看到过，不过到了另一个人嘴里，那街头又变成了深圳、虎门、汕头，有的还说是沈阳、长春。

十年前，她就可以申请离婚。面对旁人的碎语，不知是内心恐惧这个让女人害怕的词语，还是真的如她所言，她的妹妹还未成家，不想让外人说三道四。云姐就是这样优柔寡断地沉默着，仿佛她来到这世界就是为跟她有关的人而活着。

填表、登记、交费，留下电话地址，基本上没有什么问询，离婚的程序就结束了。临近午时，办事员也许急着要去赶一场宴聚，一切从速。云姐长吁一口气，说，没想到办得这么快。对于一场乱成一团糟的婚姻，这当然是一种利索的解脱，若是办事员刁难地提出几个问题，她又会打退堂鼓。她很难给自己做一次主。余下的事情就是等，办事员说，我们会安排人去男方家中调查，只要基本情况如你的离婚申请所述，很快就会宣判，公告半年后我们会通知你来领证，你可以走了。

我可以走了。云姐如释重负。走出法院24小时发出"嗞嗞"警报的安检门，逐级而下，她望了我一眼，有感激，更多的是灰色的迷惘。

几年后在她给我转述那个几乎掉光全部牙齿的梦境时，我脑海中第一时间浮现出她走下法院石阶的背影，漫长空荡的石阶，仿佛那些人生中经历不尽的苦难和悲伤在人间孤独地摇晃着。

2

去云姐家的小路，经久未修，雨天催生的厚厚泥辙在暴晒下凝固成微观喀斯特地貌。两个村庄的交界，星点般散落着十多户砖屋，车声杳无，少人走动。一条沟渠隔离成一个个废弃的荷池、鱼塘，鸭子的水上乐园。云姐搬回了这个被新农村建设遗忘的角落，在家门前的田里干活，跟父亲养的几条偶尔浮出水面吐纳的鱼说话。

那次聚了几个乡下亲戚，谈起云姐离婚一事，几句空虚的咒骂之余就是保持沉默，只有我在一旁煽风点火。一个名义上的丈夫，一个曾经的赌徒，把一份工作和一个完整的家给输没了。这样的不靠谱，有何留恋。我在亲戚的一次寿宴上与这位姐夫有过一面之缘。他坐在牌桌上，望着桌沿上的小面额纸币，懒洋洋地打着哈欠。对这种小赌资的亲友间娱乐，他完全是一种应付疲软之态，而听说一旦参与到大的赌局中，他两眼射光，情绪激昂。

很早之前，云姐夫在乡镇的农电站，端着一个农民羡慕不已的铁饭碗。云姐在站里的食堂帮厨，婚后不久添了孩子，日子其乐融融。手头先宽裕起来的云姐夫，被镇上的一些牌鬼朋友招呼聚过几次后，就乐不思家了。每月的工资再不见拿回家，输光口袋后，还从云姐手里连哄带骗地要走了她辛苦攒下的积蓄。随着赌瘾加重，赌资亏空，姐夫从单位会计那里寅吃卯粮，发展到最严重的一次，是他监守自盗，伙同镇上的几个混子，在他值夜班的空当，把站里购置的变电设备当作废铜烂铁给搬出去卖了还赌债。派出所的找上门，把鼾声如雷的他从床上逮下来，硬生生地架上了车。家人目瞪口呆地看着他斜靠在后排椅上，半睁着眼说，慢点开，再让我睡会儿。这一度成为乡邻的笑话，乡下亲戚听到后扭头就走，装作不认识这样一个"笑柄"。

有了孩子，云姐更忙了。农电站的职工有的是外地的，食堂一日三餐没得少。那时云姐住在公公婆婆家，不争气的丈夫染上赌博的恶习，脾气粗暴的公公非但不指责他儿子的过错，反倒数落媳妇，"没用，管不住自己的男人"。当我后来从旁人的嘴里听到这些事，就替云姐愤愤不平了。可她从不反驳，也不跟人诉苦，骨子里对命运不公的接纳，让她一味地摆出忍让之姿。

看似平静的乡野终因改革的滚滚车轮驶至而沸腾起来。二十世纪九十年代末，乡镇机构改革、站所合并成为人们茶余饭后的唾沫焦点。农电站的职能压缩，改革第一脚就把云姐夫这类表现恶劣的人踢出队伍。据说他非但没拿到一分钱的失业补贴，还亏欠单位几千块钱。这些钱，后来都是云姐从娘家一百两百借来还掉的。

云姐的娘家家境也不好，没有副业，看天吃饭，六亩七分地的出产，要养活一大家。云姐是家中长女，二妹跟她是孪生，下面一对孪生弟弟出生不久夭折了，小妹比她晚出生十二年。她母亲读过几年私塾，那个时候主张再苦再难也要送女儿读书。这个沉默寡言、性格倔强的农村女人，所坚持的观念确实改变了另两个女儿的命运。但命运之神也不经意地跟云姐开了个玩笑。云姐参加中考那年，湖区涨大水，防汛抗灾一线旌旗招展，人潮涌动，村里的男性劳动力都上了堤。这一年的洪水差点吞掉了云姐家所处的洲垸。她父亲描述，水看着看着就涨上来了，贴着堤面上劳力们的脚尖晃荡，所有人的心都吊在嗓子眼上。日夜鏖战，终于等到洪峰慢慢低头、晒得一身黝黑疲倦的父亲回到家，二女儿拿着本县卫校的录取通知等着他拍板。学习成绩同样优异的云姐报考的邻县中专学校，却迟迟没有寄来通知。一直在为女儿学费发愁的父亲终日忐忑，自私的他提前就认可了上天的这种安排，一个女儿继续求学，一个女儿留家中务农。那段特殊时期，所有的工作重心都转移到了这场保全生命财产的防汛大战中，乡镇邮政所的邮包积压着厚厚的信函，粗心的邮递员把云姐的录取通知漏掉了，开学一个月后，这份录取通知姗姗迟来。

意外改变了云姐的一生。照她父亲的说法，主要是因为当时家里没钱，小女儿刚刚蹒跚学步，田里农活需要人手，同时供两个孩子读书压力太大，云姐这位长女自然被说不清的命运挑选出来多担承一些生活的重压。云姐的人生就在那位邮递员的一次工作差池里滑向另一条道路。据说那位憨头憨脑的邮递员还试图追求过云姐，被"秒杀"出局了。后来，妹妹毕业分配到乡镇卫生院，吃起了国家粮，嫁给了一位老实敦厚的中学教师。当亲戚们偶尔叹息着追忆这种荒诞的人生遭际时，回到"田土之上"的云姐却从没流露出悔意，她似乎更早地认可了命运的安排。

3

离婚事宜办好后的第三天，云姐就去了深圳。深圳是去南方的打工者都喜欢挂在嘴边的一座城市，又是一个非常庞大复杂的所在。深圳关外的周边地区，有多少家工厂，多少个来去匆匆的打工者，恐怕不会有准确的答复。人们拼命挤上开往南方的火车和大巴，摇摇晃晃地穿过那些陌生的地方。

云姐又去了她干过的那家电子厂，流水线，一天十个小时，坐在一盏小日光灯下，给某品牌或杂牌的耳机内颅贴线。她不认识那些电子元器件，不认识那些英文标识的品牌，她也许从来没想过要去认识从手里流到全世界的这些品牌。这种固守不改的心态曾经被我狠狠地批评过。早几年我托朋友帮她在一家全国连锁的大商场找了个轻松、有固定收入的工作——楼管，每天在负责的楼层巡视，与那些城市里的红男绿女、一线品牌厮混，过不了几年就会从形象到气质上发生改变。她却不是这么想的。那一年她回乡下过春节，讯息传递给她后，竟然被她拒绝了，理由是从我提供的住处到商场每天要坐公交车跑，她晕车。我当时是无语了。她从深圳挤那种塞得满满的大巴车，颠簸十几个小时，一路走走停停，也没听过她叫苦喊累。既然云姐喜欢在陌生的地方，不愿回到自己的家乡，喜欢沉浸在机器人式的生活状态，也就没有人能够阻拦。没有坚持并说服云姐，这件事到今天都令我后悔。

在那家普通的电子厂，云姐有一个时髦的名字童丽君。这是她入厂时从同乡那儿借来的身份证上的名字，那次招聘的年龄限制在三十岁以下，可云姐已经远远超过。以他人身份证的信息登记进厂，在南方的工厂里随处可见，这种掩耳盗铃的做法，工厂也不在意，看上去年轻，看上去能干事就面试通过。云姐就是凭着一张还算年轻的脸，换上"童丽君"这个名字后开始流水线上的工作。那是她第一次出门打工，有同乡的帮助，她没有遭遇太多不顺。那时，她是负气离开的，丈夫有一年多没归过家，他说自己在县城搞点生意，似乎还混得不错。"什么赚钱就干什么。"事实上他不过是跟着一个流动的赌博团伙，设局引人上钩。他口袋里有一点钱，就想着要在那几张扑克牌里赚出更多的来，可没一次成功。

云姐那时早已失业在家，孩子上小学，她在田里干些农活，做公公婆婆、小姑小叔一大家人的饭菜。没有钱，分不了家，小叔子一家也住在一起，她是最累的，主要原因就是没能管住不争气的丈夫。有一次回自己父母的家,听进几个同乡的劝:"你吃尽了亏，还像是寄人篱下，不如干脆出去打工挣点钱，有钱才是硬道理。"

"伢子又不是你一个人的，有爷爷奶奶带，你操么哩心？"

"我看你伢子蛮会读书的样子，以后还有的是用钱的地方，一起去，我们有个照应。"

到南方打工已经在乡村变成一个挣钱的代名词。一向谨小慎微的云姐在同乡的鼓吹下迈出了从农村到城市的第一步，就再也没有回到土地上。云姐后来跳过好几次槽，别人是越跳越好，她却是常不如意。没有学历、随遇而安、思想封闭的云姐，注定是流水线上离辛苦最近的人，而好运气也在她踏入城市的茫茫人海后被悄无声息地稀释干净了。

那时我跟云姐联络极少，从亲友的拼凑讲述里得知，云姐忍受着底层生活的重压，工厂再差的住宿生活条件，劳动强度再大再累的工种，她都咬着牙扛着。她的身体越来越瘦，和她的孪生妹妹相比，容貌上的差异令人诧异。前年春节，在外打工的平辈兄姊间聊到打工的问题，大家在谈收入，谈认识的哪个人开个小店比打工强多了，谈经济形势对企业的压力，云姐却说一句："人在外面就怕生病，生病的时候特别想家里。"这是我第一次听到她对生活的感慨。她在这些兄姊里年长，吃打工这碗"青春饭"的艰难让她忧虑重重。我想到美国诗人狄金森曾经给霍兰医生的信中说："身体好的时候,时光如飞。一有病,时间就走得慢，甚至完全止步不前。"我不知道云姐在外面孤单一人，是如何度过那些病痛来袭的时光的，即使是一场小小的感冒。

4

云姐把电子厂的工作辞了，她说都快把自己的名字给忘记了。丽君，童丽君，工友们都这么喊她，工资条、存折上，都是这个名字。有工友问，你会唱歌吗？她摇头。工友说，你的名字跟邓丽君的一字之差，不唱歌可惜了，一唱准红。集体宿舍里，有人打开手机，播放邓丽君的歌，云姐特别喜欢那首《小城故事》，她慢慢地跟着哼唱"小城故事多，充满喜和乐……"，后来她学会了唱"甜蜜蜜，你笑得甜蜜蜜……"，仿佛在唱出这些曾被称为"靡靡之音"的歌词后，她的生活也因此"像花儿开在春风里"般灿烂甜蜜起来。

换到这家新的玩具厂后，云姐就后悔了。新厂的宿舍很挤，最主要的问题是潮湿，床上经常爬动着臭虫。它们蹭着她的皮肤，在温暖的被窝里通宵狂欢。有一次云姐翻身，把三只臭虫压扁在床上，散发出一种青涩的气味，极其难闻。云姐连咒骂的气力都丧失了，用手把死去的臭虫从床单上拍落，又倒头入睡。高强度的工作让她累成了一个机器,身体和思维都是麻木的。

她不知道到底是为什么而活着。在时间的刻度表上，她到点起床，到点吃饭，到点上班，到点上厕所，下班却是不能到点的。这些她都可以忍受，那么些工友能坚持，她也可以，云姐的人生观里，就一直把自己与那些遭遇病痛灾难而更加悲惨的人比较着，这样比较的时候，绷紧的情绪会稍加缓解，她那被黑沉沉的幕布遮挡的人生舞台，会有那一些光透过来。这就是希望。也许幕布某一天会拉开，舞台上的光柱会一束束地聚拢，汇成更大的光源。

但云姐仍然感觉到了未有过的疲惫，就在刚跳槽进新厂的第二天，她到邮政银行 ATM 机取钱，不知是着了别人的迷药，还是被胁迫着，站在柜员机前，她糊里糊涂地把卡里两个月的工资全取出来给了那个瘦瘦的中年男人。等到她清醒过来，心急火燎地跑到了派出所门口，又踅转身，黯然神伤地走了。她想哭，眼泪就在眼眶里打转转，却掉不下来，就像家乡那年始终没有决非堤的洪水。她默默忍受着这突如其来的伤害，不让人看见衣服内的伤口。除了瘦，她对男子没任何印象，这种事她听一些工友茶余饭后议论过，但没想到有一天会在自己身上发生。那件事发生不久，我正好借出差深圳之机顺道探望她。她半是叹惋半是自嘲地讲述这件发生在自己身上的糗事，却没想过在情绪最低落的那一刻打电话跟家人倾诉一下。距离那么远，谁能帮上她？除了几个分散在不同工厂的同乡，她几乎没有朋友，大家从五湖四海来，有的地名云姐从未听说过。这些人，今天还在，可能明天就辞工或跳槽了。性格内向的她一开始就没打算交朋友。她低眉顺眼地与室友相处，听她们吹牛、唠叨、抱怨、数落、怒骂，从来就不附和。有人向她靠拢，她会后退，退到没有可退处，就拨开人群逃走。

那次见云姐，时间很短，我跟她约好一起吃中饭。我站在锈迹斑斑的厂区铁栅门外，等着她下班。大门里是几栋颇有些年头的旧厂房，油漆剥落的门是虚掩的，三个穿工装的女孩，很青春的脸庞，胸前工作牌露着个背影。她们互相递烟抽烟，嘻嘻哈哈地打闹着，一个女孩眯着眼，望着被树荫挡住的天空，一连吞吐出几个漂亮的烟圈。

终于到下班的时刻，人群像开闸的水，哗啦啦地流泻出来。瘦小的云姐是卷在"水流"的尾部出来的，一见面，她连忙抱歉地问我是不是等了很久。她的眼袋有些肿，眼角的尾纹比过去更深了，皮肤蜡黄。钱被骗的事刚发生不久，她夜里做噩梦，没睡过一个完整的觉。她还在为此事懊悔，人怎么就会突然间神情迷糊，那可是辛苦积攒的血汗钱呀，说没就没了。我也无计可施，只是安慰她：退钱消灾，外面人员混杂，以后多加注意，尽量少外出，要如何如何管好钱物。她笑了，上了这次当下次不会了，现在办的是存折，只是取钱麻烦一些，到大堂里有保安，也不那么容易被骗了。我问她有没有想过回去，难道在外面打一辈子工。云姐一声不吭，很久以后才回答，一个人在外面习惯了，回去也没事可做。我象征性地劝解她，还是要多往后想想，年纪大了，打工也不现实，还是回去，找个合适的事，做点小生意，也比在外漂着强。那次的午饭本该在一个小时内结束，云姐打了电话请假延长了半个小时，她拖着我到路边上的照相馆，站在蓝天碧海的布景前照了张合影。后来我在她带回家的相簿里看到过这张照片，更多的是她的个人照，我不知道这些影像会帮云姐留下些怎样的记忆，那些定格在脸上的笑，却莫名地让人感到心底有冰冷的忧伤流过。

照完相，我送云姐回厂的路上，一个搬玻璃镜的人与我们并肩行走。他的手接触到玻璃锋利的边缘处，是用报纸包住的。他的大半个身体被玻璃挡住，玻璃上的灰尘很厚，我们看不到他，却从玻璃镜里看到自己摇晃的身影和无法言述的表情。在散发着粗糙、冷漠气息的街头，这身影和表情都特别陌生。我记得这一幕，原因是随后发生的一个意外。一个骑摩托的少年轰隆隆撞上了这面巨大的玻璃，搬玻璃人的两只手，依然保持着一上一下的搬运姿势，但脸上被碎片划破，鲜血横流。这一切发生得很迅疾，几乎没人看清楚摩托是从哪里飞驰而来，只有沉闷的摩托倒地声和玻璃坠地的刺耳碎裂声。声响离我们已经走出一段距离，我扭转头呆立着想看看这场事故的进展，云姐的手却伸过来拉住我，"走吧，不关你的事"。肯定有人告诫过她在陌生的街头不要去观看热闹，她手心里汗涔涔的，我探测不到她心中的紧张和惧怕从何而来。

5

大前年，云姐父亲上房捡漏，下楼梯的时候摔折腿，膝盖打了颗长钉，在医院躺了两个多月。云姐应召回来陪护，这是她离家十年里的第二次回来，前一次是母亲生病卧床，在外的妹妹是上班一族动不了，只有她的工作是可有可无的。等到父亲的腿伤恢复好之后，她决定在县城找份工作，也方便照顾父亲和家里。母亲离世后，仿佛就变成了她和父亲依为命。一个亲戚介绍她到一家小宾馆当服务员，这几年城镇化进程加速，人们的消费观念发生改变，打牌、聚会、娱乐，都喜欢到宾馆开个房间，大大小小的宾馆瞬间林立在县城的各个角落。宾馆里是两班倒，单身的云姐当仁不让地"被"安排了夜班，下午五点到第二天早上七点，晚上过零点后可以到储物间休息。碰到省心的客人，相安无事睡上一觉，工资虽然比外面差不少，但离家近了，云姐打算先干一段。勤快、麻利的云姐和同事混熟后，一个好心的女同事牵线搭桥，把那个矮个子男人带到了她面前。

这一年春天到来的时候，四十三岁的云姐开窍般地恋爱了。听到这个信息时，我真心替她高兴，拖了这么些年，也该找个合适的人成个家了。可从亲友间的议论里，我大概摸清了那个人的"底细"：无业，无房，有一个读大学的女儿，跟父母住在一起。最让人疑惑的是，他已经是两度离异了。等到矮个子男人有一次以云姐男友身份出现在家庭聚会中，亲友们看到站在面前的他，除了个头矮，看上去外表还算周正，不抽烟，不喝酒，也不打牌，言语不多。大家很礼貌地招呼他，他也很客气地寒暄，更多时候是坐在一边微笑着听大家说话。晚饭后，他骑上电动车，戴上小巧的红色头盔，呼哧呼哧地回县城去了。

云姐从来没跟人说起过她在深圳打工那些年的情感经历。年纪、学历、外貌、性格、地域差异，这些因素个个都不是省油的灯。跟那些活蹦乱跳的"八〇后""九〇后"打工仔打工妹一起，"阿姨级"的云姐也许很悲观。第一次被带来见面的这个男人，很顺眼，跟他在一起，有话说。这是他们分手后云姐仍念念不忘的心动感觉。他们好了一年，云姐为他堕过一次胎。她发现怀孕后，甚至连男友都不敢告诉。告诉他有什么用，他一没钱二没能力，没名没分，生下来就是累赘。她找到医院工作的妹妹，人工流产，回家躺了两天，第三天又上班了。男友一直都是花云姐的钱，她不敢在外面说。男友的这些作为，让她无法跟父亲和妹妹们启齿，请他们成全这桩婚姻。父亲、妹妹都不赞成她找一个无所事事、好吃懒做的男人。妹妹说得更直接，这不是组成一个家，而是给自己造一个牢狱。她还提醒云姐"前车之鉴"不能忘记。云姐垂下头，恨不得找个幽暗的角落重新躲起来，她刚从一个没有责任感的男人的阴影里走出来，恐惧再走进另一个阴影。

云姐在宾馆干了一年后，与领班闹矛盾后愤然离开。领班发现云姐上班期间留宿男友，悄悄扣了她的工资。云姐默认了，不过后来领班经常安排她上完夜班后继续加班，不批她的轮休假。这一点让云姐愤怒了，她卷起简单的行李走了。没有人挽留她，几个幸灾乐祸的同事，还在对她的背影指指戳戳，临走前她无意得知那位好心的介绍人，其实跟她的男友有过暧昧不清的关系。她是那个股市崩塌前还充满信心和幻想的"接盘侠"。

这场恋爱让云姐度过一段心情愉悦的日子，但任何恋爱拖久了，爱情就会变质，何况和非常不靠谱的一个对象，何况有那么多纷至沓来的现实难题。云姐离开宾馆，过完春节，又选择了南下。这次是跟一个表弟进了韩国人开的制衣厂，她笨手笨脚地干了不到一个月，实在挨不下去离开了。那天，她打来电话说了很久，大意是那个跟她一直保持关系的男友，突然说要跟另外一个女人结婚了，而且他把两人最后不能组合的责任推卸到了云姐的身上。云姐不死心，两人电话来来往往，有争吵、懊悔、埋怨、倾诉，这些如今都抵挡不了一个结局——男友真的结婚了。他是跟另一个离异女人，见面三天就把事定了。云姐问他，她长得漂亮吗？你爱她吗？你们真的只是三天就决定了吗？

天真的云姐当然听不到真心话，还是一贯的敷衍和欺骗，我看不到她在电话那头的模样，但我能想象出来，她试图装作自己很坚强。她想哭，又不敢大声哭出来，想笑，那就只是笑自己一个人坚守的爱情堡垒首先从内部爆破了。我听着她絮絮叨叨地说这些话，她心中肯定有太多需要倾诉。我料定她是受伤了，这些年她小心翼翼地驾驶情感之船走着自己的航道，她内心深处翘首以待的另一个同船舵手，来了，又跳到别的船上去了。金属片包裹的心，在强酸的侵蚀下炸裂剥落。我第一次听她在电话里说这么多的话。她实在是找不到一个可以倾诉的对象了。那一瞬间，我似乎明白，她害怕再次等来的伤害，还是不依不饶地找上门了。

有天清晨，我的手机短信铃声响起，一看，是云姐发来的。她说问我一个事，梦见牙齿掉光是好是坏？接着又追问，掉到只剩一颗呢？我回信说，稍后我查查再复。后来上班一忙碌，几天下来，就把百度"掉牙"的事给忘记了。当然云姐也没催问。几天后的半夜，我突然入睡前想起这事，立刻起床打开电脑，各式各样的答案扑面而来，有"家有丧事""人际关系出问题""心理上的退行或成长""坚固的信念开始动摇了"等说辞。多义的阐释，让我不知要如何回复来自云姐的提问。结果是云姐的短信适时而至，仿佛她在遥远的南方夜空看到我纠结的心思，她说，一个梦而已，知道你忙，不用寻找答案了。

我不知道云姐是不是通过别的渠道找到了那个梦的释义，是欢喜兴奋还是平添忧伤。那颗在空荡荡的牙床上孤零零的牙齿，是云姐对自己生活的一种恐惧或悲伤的所思所系，是她选择今年春节不回家的理由吗？

后来我在不同的场合看到一些务工女性的身影，一张张陌生的面庞和错愕的表情，躲藏着不同的心事和经历。我曾试图进入那样的梦境中，在湿漉软绵黑暗的封闭肉腔壁内，我在摇荡中寻找牙床上唯一的牙齿，赭黄色，齿边呈现锯齿状，悬在头顶，像一块随时砸下来的巨石，轰隆落地，溅起厚厚尘埃。那一瞬间，我总是感伤地想起异地的云姐，为我的无能为力感到羞惭，曾经我希望自己能帮她虚构一个另外的人生，至少要温暖、幸福一些，至少能让一颗孤独的牙齿找到另一颗牙齿，彼此凝望，彼此依偎。

夜发生

"夜晚可以发生的事情很多。"

说这句话，或是讨论这个问题时，是去异地看望一位少年时代的朋友Z。

多年来，我们很少见面，却互相洞悉对方的讯息，聊得最多的是理想规划实践的话题。一段时光过去，偶尔他会主动来条短信：最近如何了，又将如何了。当然是好消息，好消息传来的另一层含义就是：你怎样，你曾经的计划目标是否实现。这种少年时代最经常的互相鼓励的方式我们延续至今。

Z和我年龄相仿，却有些催老。原因是一直疲于生意场上的奔波。他的个人史就是一部奔波的小说。奔波中写着许多内容：应酬、焦虑、钩心斗角、虚与委蛇、欺骗的承诺、挖第一桶金、千金散尽。幸好他从奔波中杀出一条"血路"，有了一个令人羡慕的现实结果——占地近百亩的厂房、外贸订单、宝马车、紧邻江边的观景房……

那次探望，晚餐后，Z带我们去城里最好的K厅唱歌。到了这类消费不菲之地，仿佛进入他的地盘。那些衣着艳丽暴露的"公主"莺声燕尔，秋波荡漾，投怀送抱，散发着让人迷醉的气息。我们的眼前摆放着她们，也摆放着喝干净又会迅速冒泡满上的啤酒杯。

"夜晚可以发生的事情很多。"酒至半酣，和Z走出喧闹的包厢，在过道的休息室内抽烟透气。突然冒出这么一句话的Z，嘴角挂着一丝异样的神情。他叹了口气说，这几年，陪客户、陪"关系"，喝酒、唱歌、打牌，生意就是在杯子、桌子和裙子间谈成的。声色犬马，生意场上你只有一个朋友叫利益，真累。

我问，你感到孤独？

是内心深处的落寞。他说，身后公司那些业务、那一帮子人，都拿着鞭子在抽赶，我已经不是一个人的我了。他又叹息一声，现在最幸福的就是公司一摊子事不要我管，带着孩子去江边的沙滩上玩。

我说，比起那些衣着光鲜的"公主"，整夜陪着客人喝酒、扮笑，你还会有比她们更孤独的感觉吗？

Z沉默了片刻，然后说，我给你讲个故事吧。

我点点头。

他说，大概一年前，也是在这里陪客户，一个很年轻、长相清纯的"公主"陪我喝酒。女孩不能喝，却不禁劝，喝完就吐，吐了又喝。那天唱歌很high，女孩很可爱，那种感觉与以往的"公主"不一样，好几次，她贴着我的耳朵说话，震得耳道里很重的回响敲打着耳膜，我竟然发现自己的手在抖。这样的场合我来少了吗？我都不知道为什么会这样？后来关系熟了，每次去唱歌，我都会点这个"公主"陪。一次，我问女孩，为什么年轻轻地出来做"公主"？女孩说，为什么来这里找乐子的男人都会问这样的问题？

　　过了段日子，我把女孩带出来。没有 K 厅的喧闹依靠，她有些紧张，连同害怕，是从骨子里透出来的。我抱着她，像抱着一团柔软的冰凉。等她缓缓回温，我的身体却冷下去。她给我讲她过去的经历，说到她母亲是个精神疾病患者，为了给母亲治病，她不得不走上这样一条挣钱的"捷径"。母亲，无疑是女孩心底最大的一块阴影。她母亲有幻听妄想症。夜幕降临，房屋散落的农村显得格外安宁，她母亲就开始进入一个喧闹的世界。在这个世界里，不时会有人与她说话，或者别人在她面前毫无顾忌地争吵、打斗。在她母亲的幻觉中，那是一个怎样的世界，那种日复一日地喧闹，在正常人眼中是多么不可理喻。万般无奈之下，家人只好举债送母亲去治疗。住院的日子，她母亲幻听的时间一长，就会忍不住为所听到的内容着急、叫喊、大笑。同病室的人无法忍受一个神情痴呆的人一惊一乍地存在着。家人找医生想办法，医生给出的对策就是增加用药剂量。

　　我环顾，竟然以为穿梭在过道里的摩登女孩中，会突然奔出来一个，说，让我来讲述我自己的故事吧。女孩的讲述一定会有更多打动人的细节。可 Z 说，女孩离开好几个月了。他说，这里的人几乎多数都知道女孩母亲的故事，以致后来他都开始怀疑，是不是女孩故意编造的一个谎言。可现在他所知道的是，这个曾被认为的"谎言"，撕开包裹它的那层纱，里面的结果令人惊悚。女孩母亲在成倍药片的作用下，真的治好了幻听的病。可家人还没来得及高兴，十来天后，女孩母亲夜里偷偷跳沉在家门口的池塘里。

　　我说，她已经不习惯一个安静的世界。

Z说，可怜的母亲太孤独了。

我问，女孩呢？

Z说，后来我忙着工业园新征地的开发，加上频繁出差，与女孩疏远了联络。直到前不久来这里，他无意中听另一个"公主"说起，这女孩也神经异常了，陪客人时经常性地酗酒，而且语无伦次，说是孤独杀死了她母亲，她要复仇，去杀死孤独。再后来，女孩在这里干不下去，搬进了精神病院。可没人知道这女孩的真实身份和准确居住地。

Z忧郁地说，我一直想找到那个女孩，可至今下落不明。

夜晚诞生孤独，女孩的下落不明是否加重了朋友Z夜晚的孤独？

那天深夜，我们走出K厅，和那些美丽的"公主"贴面告别。在缓缓下落的电梯里，窗外城市灯火通明。透过电梯玻璃映照出的光影，这些美丽的"公主"像逡巡般整齐有序地走过，长睫毛、大眼睛、赤色卷发、闪烁着沙粒般晶光的皮肤，一杯杯酒水的灌溉毫不畏惧推辞，而一旦她们躺在机器床前时，那美丽头颅的切口里露出来的是一束束红黄蓝的金属管线。那一刻，躲藏在灯红酒绿背后的乏味、无聊、孤独，有如巨大海啸，将心灵上的建筑席卷一空。

很多的话题，很多的人生故事，在夜晚被人掰开，就会披上另一件外衣，带来微光扑闪般的念想。那个女孩寻找的神秘的世界，她母亲能走进去、能看到、能听到，且独享着外人无法感知的精妙。有一天，当外来的力量炸毁了通往这个神秘世界的所有通道，被关在外面的母亲只能焦急地、声嘶力竭地、无可奈何地吼叫，没有任何回应。这样的孤独，孤独到不再想活在这个热闹的世界了。而重蹈覆辙的女孩，是病的遗传，或现实生活的压力，让她坍塌了属于自己的世界之门。

接连的一段日子，Z所叙述的女孩会在我眼前走过来走过去。她的面容姣美，却没有让人记住的特点，仿佛日本漫画中的美少女，眼睛、鼻梁、耳垂、下巴、手指、胸部，弧形流畅，肌肤似雪，像一件光滑得看不到褶皱的瓷器。你控制不住地想去抚摸，可一触碰，她就碎成了一摊水迹，然后蒸发消失。

趁着沉默的夜色，消散的人和事还有更多。几年前恋爱的一段时光，会经常去迎宾路上一家叫"西雅图"的酒吧。它像一个隐藏于地下的城堡，每个人都要走过大理石铺成的阶梯，一点点地沉下去，像一艘沦陷的海轮。跟随沉沦的过程，灯光与音乐渐渐呈现，现出一幅你渴望与幻想的图案。后来，它改头换脸成"西雅图休闲会所"，在大街面上用霓虹灯与彩灯修饰出一个脱不了俗气的庞然大物。但这时很多的老顾客已经不喜欢了。"地下"所营造的某种气场，是地面上的西雅图无法比拟的。

那些在"地下"流连的夜晚，我常坐到零点之后。那个我不记得名字的长发女歌手，经常气喘吁吁地跑来做最后收场。她声音里有沙哑而坚硬的"果核"，又能在尖利的时节自然放开。我喜欢她声音中那些莫名的内容，因而喜欢上她整个人。很多次，她也是在零点后撤离。我胆怯得从没有想过上前搭讪，而只是看着她一个人背着吉他，拖着有些疲倦的脚步，钻进不远处的夜色之中。

还有一个朋友的女友，谈婚论嫁，生活正欢，多次参加我们的聚会，却不幸丧生在车祸中。朋友因此离开这座城市，远走他乡。我是在西雅图和她见过最后一面。印象最深的是在公用盥洗间，我用冷水冲洗额头，清醒喝多酒的自己，猛然间抬头看见镜子里补完妆的她，看上去非常素净，非常飘渺。

听到那不幸的消息后，我几次从"地下"钻出地面时，固执地认定看见了她，在眼前疾步走过，背影伸手可及。她偶然间回头，面容妆饰如同那次盥洗间的相遇。我很高兴地叫她名字，想赶上去抓住她，像是她从没离开过。但她总是消失在就快要触及的一刹那，在某个拐弯暗处，在三两人群中，在什么也没有的树影下，无缘无故地消失。也许在夜晚的零点，一天与另一天的临界点，也是虚幻与真实的临界点，许多人都会以一种奇异的方式相遇。

斯图亚特王朝的诗人告诫人们"夜晚已经降临，我们赶紧回到家中""家是一个人的城堡"。可人们多少都有过夜游的经历。曾经夜归的途中，我遇到过那些被唤作"夜游神"的青年男女，戴着贬义的头套。那些上夜班的出租车司机，习惯性地守候在夜店附近，或跟在一些夜归者的身后，等待着招手或挥手。路旁 IC 卡公用电话机，总有女孩在煲电话粥，有时是欢笑和撒娇，有时是哭泣和吵闹，那些背影里有许多故事可以向人倾诉。只有夜晚在偷窃她们的秘密。

一个人的成长，总是要与夜晚同行。我记忆中清晰地刻着二〇〇〇年第一缕曙光到来前的夜晚。这个时间点也许还会唤起你的某些回忆，那是个全国各大城市交通无比拥堵的夜晚。

夜幕笼罩繁华的省城。我奔跑着去电话里约好的地点见一个长者。我眼睛里晃动的车流人流像是从地下直接喷涌而出，无法阻挡。巨大的城市广场上凯歌高奏、焰火齐射、欢呼声震耳欲聋。当时只有少数人，其中有我，像一尾溯水而行的鱼，向着相反的方向快步行走。我不断地碰到男人女人的手臂、小孩手中的气球，汽车行进缓慢，人声与汽笛声形成一个嘈杂的声场包围过来。我的耳朵里是嗡嗡一片，偶尔间一两声巨大的礼炮鸣响和惊呼声，让耳膜受刺激地震荡几下。我感觉到自己在这种环境下迷路了，对于原本不熟悉的城市，在这个欢庆的夜晚，我却要做一件与大家意愿不同的事情。我发现电话中的不远距离，自己却总是遥不可及。附近楼宇的灯光折射进我的眼睛，一阵阵眩晕就海浪般袭击过来。那一刻，我不知道前方有多远，更多的是感觉到一条没有尽头的路和科幻片中复制的机器人潮，会突然间把我吞没。我迷失了方向，也迷失了时间。后来的日子里，我对这座遐迩闻名的城市持有戒心，并拒绝它的诱惑，因为它曾经将一个迷失的人陷入更深的迷失之中。

"夜晚可以发生的事情很多。"再来咀嚼这长着翅膀的句子，就会生发出一些"地表之下"的思考。闪顿的霓虹、流动的车灯、人影幢幢的娱乐场所、推杯换盏的夜宴、时髦女郎的欲露还遮……城市夜晚的辞海中删除了安宁，却在墨色的涂鸦中增添了喧嚣、孤独、罪恶。夜晚知道每个人的欲望和秘密——那一些过去的，夜归，深夜嚎叫，宵夜酗酒，胆战心惊的幽会，以为无人知晓的道德背叛，暗巷中的哭泣、争吵、打斗，听到隔壁房间传来摇晃的声音而夜不能寐，K厅里变形的歌喉和令人窒息的脂粉，通夜牌战的萎靡身体和"厮杀"后的欲望勃起……改变了人的另一副面孔。

也许夜晚才是一个真实自我的展现。某一天，人们编辑多卷本"黑夜史"来做诸多表达，归结到一点，夜晚其实是不断需要自我调整的时刻……

曾经多次向朋友们炫耀一次荒诞的外出，没有目的地，突如其来的冲动，跟随人流挤进车站，跟随一列疾驰的火车进入夜晚，那时很幼稚地追着理想，追着与两句诗的遭遇——"看一眼窗外，夜色的部队逼近 / 三生的力量也不足抵挡。"那种年轻时的无所适从和浮浮沉沉的幻灭，隐藏着一种对俗世生活的莫大悲悯。再度琢磨这两句诗，让我怔怔地怀想起那些买不起卧铺而只能挤进声音嘈杂、气味混乱的硬座车厢的时光，以及越走越远的青春长夜中潜伏的孤独……

春漫漶

房子汗涔涔的……天花板、墙壁、地板、虚掩的木门，最显眼的地方，最隐秘的角落，看得见的潮湿爬满每一件事物的肌肤。

南方的四月，阴雨绵绵。天晴的日子屈指可数。二〇一〇年日历上春天的角落，冷空气苟延残喘，卷土再袭，把"回潮"写进年度日志中。

身边的每个人都在议论这场回潮的时间长短，对上潮事物的新发现。人们神情夸张，无一不在倾吐怨恨，却无可奈何地默允天气的嚣张跋扈。

父亲正是在这个春天最难堪的时间段病倒住院。病因是脑梗死，右边手脚麻痹，不听使唤，令人猝不及防。我听到消息时，已在北京待了一个半月。四月初的京城迟迟未能入春。那些本该吐绿的植物无动于衷，连"送暖"信号也杳无踪影。沙尘暴天气往返几次，连开窗透气的机会也不给。一眨眼，窗台、书桌、书籍、被单上都能掸落微尘颗粒，也抖落一份嘈杂的心情。媒体说，这是近十年北京入春最迟的一年。而对南方长大的我，这个降临在北方的春天，在交叉奔跑中写下灰色、焦虑、忧郁等关键词。

从京城回湘，回乡，递入眼中的葳蕤的新绿，在婆娑的雨中萌发，却一点儿也不灵动。脑梗死，我反复咀嚼着这个突如其来的词语，照民间的说法，它等同于中风、偏瘫，一个人的后半生要跟一张床或一把轮椅相伴。

五十九岁的父亲迅速地把自己搬进了老家县城的中医院。他被疾病打倒的身体，也成了亲人朋友在这个春天议论的又一话题。在大伙儿的记忆中，他为人大大咧咧，行事干净利落；他年轻时入伍，一贯自诩练就一副好身体；除了多年烟龄曾经造成支气管炎的病史，以及他近年偶尔提及却又藐视的胸闷失眠外，从未诞生其他不适；他敌视医院，吹嘘自己去医院从来都是看望别人。

病袭如山倒。父亲清晨一觉醒来，发现右侧肢体麻木无力，手脚不听使唤。"敌视"的他只能举单手投降。送到医院检查，CT扫描，左脑动脉粥样硬化，局部血栓形成，动脉狭窄，壅积不畅。医生不用细想就确诊是脑梗死。

父亲说，之前两天他就有不祥感觉，右手乏力，举箸不稳，脑鸣厉害，走路时跑"单边"，"无缘无故"，他的总结激起家人的抨击。

"怎么会无缘无故呢？是积劳成疾。""加上这段时间阴冷潮湿，寒从脚起，我早说过毛衣毛裤先不要脱。"……母亲在一旁数落。

仿佛父亲的这场病成了潮湿春天的罪过。

24床，吊水。24床，量血压。24床，测体温。24床……

父亲开始有了一个数字名字。他还念叨着"4·14"，他的身体在这一天早晨就不听使唤了，而这个日子还同瞩目的西北玉树地震联结在一起。

他那么安静地躺在24这个数字上，睁开眼睛看着输液管中药水一滴滴地把时间带走，打开嘴巴吞下一把白色药片。简式床头柜上摆着熬好的中药，密封在一只玻璃瓶内，褐色的液体，让胃苦涩难受。还有尼莫地平片（恢复期对改善脑部血液循环有利）、阿司匹林（遏制血小板的聚集和血栓的形成）、消炎利胆片（一并查出捣乱的胆结石）。现在的父亲，感到了身体的孱弱和生命的虚无。曾经强大的敌视早已粉碎，对医生的药嘱言听计从。喜欢历史战争片的他开始关注一档电视健康节目，他认真记下那些能降血压、软化血管的蔬菜、水果，及什么时间段食用效果最佳。

父亲的情绪时有暴躁。他原本就是个性格急躁的人，进院后的安静来之不易。穿孕妇装的护士很会安慰人，高血压、冠心病、糖尿病、肥胖、喜食肥肉，四十五到七十岁的中老年人，都易患脑梗死，已经是常见病了，不是大问题，就权当休息。主治医生说，对这种造成神经功能障碍的脑血管病，治疗主要原则是改善脑循环，阻止朝痴呆、偏瘫、失语等恶劣方向前进的脚步，过了七天复发期没恶化，就容易治疗了。

父亲躲在被子里掰着左手指头，一项项地排除。他倔强地要找到真正的诱因，因为医生说的那些因素他都不曾有过。他对我们说，去年他去广州帮姑妈打理酒吧，虽然常常熬夜却从不宵夜，白天也补上了充足的睡眠。今年初在母亲所在学校的食堂帮忙，劳动强度也不算大。每天抽烟的支数一降再降……

我们都没在乎他的寻找，更是否定那些理由。结果摆在眼前，需要的是对结果的诊治，而并非要从可预防的过程开始。我说，有许多隐疾是不为人知的。

父亲点头，对我们的不冷不热流露出沮丧之情。我们劝慰他不要精神郁闷、过分紧张，一切波动的情绪都对治疗无益。而他总要对母亲照顾中的举止挑剔三四，声音震响到过道。父母亲结婚三十多年，就没间断过磕磕碰碰，可他们仍然一直在一起，也许一辈子也改变不了。我习惯了他们的争吵，左耳进右耳出，不在心头过夜。

别争了。我有时轻声地劝阻一句，像和事佬儿一样。对我这个不能常回家陪在身边的儿子，他们会知趣地选择安静下来。

我心头掠过一丝骄傲，但很快在安静的病房，在潮湿的空气中，被愧疚和难受击垮。

中医院坐落在县城的老城区，我很早就离开了老家，对这所医院的信任度，我理所当然持有怀疑。但弟弟坚持说他找了医院最好的医生，甚至搬动了他的院长哥们儿。

医院里的樟树也就在春天的几场风雨中换上新绿，这种绿，曾是我赞美过的。此时，我心事重重，径直从医院窄小的大厅穿过。挂号划价处、药房、内科、外科、神经科、骨科、B超室、急诊、住院部……陈列在两幢连体楼内，院落的布局和设施凸显陈旧，尤其在这潮湿季节，散发出格外冷漠和衰落的气息。

我赶到父亲身边时，他已经住院治疗了九天。为了迎接我的归来，他剃掉了拉碴的胡子，凌乱的头发梳得略有分寸。见面之后的问候轻声翼翼，我从父亲的神情中读到一些隐藏的快乐。母亲后来告诉我，他不让人告诉我他住院的事，却又不时念叨我在北京的学习生活，甚至对我归途中因事耽搁的一天耿耿于怀。我接过母亲手中的活儿，帮父亲按摩右手。过去这只，在我的身体和内心留下温暖的手，仿佛悄然变成身体舞台上的装饰道具。

没有恢复知觉的手，指头蜷曲，皮肤触摸到的是冷沁、粗糙和硬化。被时间和病痛侵蚀的改变令人大骇，动人心魄。而另一只手背，起皱的皮肤和暴起的血管上，星罗棋布地驻扎着紫色的针眼，无可避免地激起旁观者心中一阵疼痛。

父亲说，治疗有效果，右脚能够下地行走，右手开始有了细微的知觉。我电话咨询外地几位医生朋友，像上年纪的人的这种病，没有一劳永逸的治疗方案，发现后治疗是关键，恢复期疗养更重要。我劝慰父亲保持平稳情绪，在未来的日子学会保养身体。其实我是在缓解自己的紧张，我不敢想象一个终日躺在病床的父亲，会给家庭生活前进道路带来怎样的"转身"。

天气跟随父亲身体的起色有了好转的迹象。我回家第二天下午，太阳从云层勉强挤开一条裂缝，它的露脸虽然短暂，却让潮湿为之震颤。陪父亲绕着医院的池塘散步。池塘的水面上飘着一大片墨绿的莲叶，角落抛弃着几只沉在水面下的苹果核、啤酒易拉罐。死水微澜，父亲和我不约而同地说出这个词语，来自我们共同阅读的记忆。他问了我学习工作上的一些动静，然后在天色暗淡的瞬间，说到了死亡。父亲说，他并不怕死，只是弟弟尚未成家，他的任务没完成。父亲又说到兄弟情谊，以及儿子对母亲该有的孝顺……我有些沉重地听着，更多是在内心排斥父子之间探讨生死的话题。我觉得骨子里传统的他想得太复杂了，我理想地期待死亡是将来的事情，在将来还未降临的时候，这种谈论就是虚妄之言，毫无意义。我的这种自我欺骗不断加剧，当我的耐心不能够承受时，就粗暴地打断了他。我说，你的这小病，很快就养好了。我的声音比心中的音量要低，甚至努力散射出阳光。我还清醒地意识到面对一个病人，不让他负担另外的心事也是一种辅助治疗。

医院是个不适合人久待的地方，况且对于一个拒绝医院的人。那些躺在病房插着针管的人，那些前来治病候在走廊说话的人，那些看病人的人，不知身份底细的人，都从你视野之外跑进来。他们进进出出，脚步声踢踢踏踏，说话声或轻或重，还有急救患者家属的疾呼长叫，给人心头蒙上一层阴翳，或是一拳重击。而从父亲卧床的角度望去，医生的脚步总是那么急促，病人的神色总是那么茫然和慌张，而探视者皱着眉头一言不发。

父亲加剧的忧郁既源自医院的嘈杂环境，也附带疾病衍生的胡思乱想，我是这样理解的。父亲的病房是三人间，除了一个上午来吊水的中年妇女，其余时间他拥有宽裕的安静。但他毫不在乎这种宽裕。他迫切地盼望回到过去的自如行走，离开这二十四小时充溢着消毒水气味的空间。

父亲一边打点滴，一边给我力数医院的破落、医生的糟糕医术。邻床的中年妇女腹部隐痛治疗几天却丝毫无效，只能转到省城。左边隔壁一个来自农村的八十岁的五保户老女人，因为吞一只馄饨，卡住喉咙，浑身青紫，一命呜呼，她的几个非直系亲属却不急着料理死者后事，而闹着要村里答应掏出安葬钱，卡着热馄饨的冷尸体在病房孤寂地停放一天一夜后才抬走。

右边隔壁的老头抢救好几次了，亲属来了一拨又一拨，坐在过道集体叹息老人的一生，俭朴、厚道、艰苦、付出，而他每次都能奇迹般地死里逃生。还有一个深夜急诊的喝农药的男人，叫唤了大半夜，反复说着一句"我就是要死给他（她）看"……父亲转述时，语气悲悯中压抑着无限哀愁。父亲最后说，一辈子也不愿再来医院了，这破地方。

我在医院守护父亲三天。我所做的事情就是叫护士换吊瓶，搀扶父亲上厕所、下午四五点钟陪他到院子里散散步、说说话。凌乱的医院、沉闷的病房、陈腐混乱的气息，一个健康的人待在这地方，也会对身体充满怀疑，挖掘出那些平时不瞅一眼的悲观。更多的时候，父亲和我各自打发时间，他盯着墙壁上效果时好时坏的电视机，细嚼慢咽着发生在韩国的家事。我翻着一部名为《道德颂》的长篇小说。在体内跺脚的针刺之感，让我不得不纠缠于文字中，去探寻一个人对情感的剖析。我仿佛看见一个蒙面的医生拿着把锋利的手术刀，剔出文字中病变的器官，将既对立又溶解的男女情感肢解得鲜血淋漓、艳丽夺目。这时候，阅读让人产生意外的安静。

无所事事的进出之间，我也会忍不住去瞟一眼隔壁的老头。心脏监测仪屏幕上波浪不断翻滚着，发出"嘀—哒—"的声音。他鼻孔和嘴巴上的氧气罩却发出更大的呼吸声响，有时候还能清晰地看到他的胸口起伏的幅度很大，像是一种抽搐。刚步入抢救的头几天，走廊的蓝色座椅上，他一群群的亲朋相对而坐，面容悲戚，男的吐着烟雾，女的唉声叹气。一天傍晚时分，一个走路摇摇摆摆的胖老太，哭哭啼啼地跑来，拽只沾着血迹和泥土的编织袋。她说，带了要换的鞋来了，穿双暖脚的鞋，好上路。这老头垂危的生命，经历反复几天的抢救后还是走了，同等待他离开人世的热闹场面相比，却只有殡葬场的两个工作人员，熟练而悄无声响地带走他即将消失的肉体。

母亲说着隔壁的事，父亲闭着眼睛，发呆，面对生命的离开，那种疼痛感会陡增。还有医院之外的死亡信息接踵而至：一个朋友在京城高校就读的儿子死于游泳课上，另一个朋友三十九岁的女儿为了弥补婚姻的缺口，选择去美容，死于麻醉药过敏医疗事故。因为熟悉，他们的非正常死亡，漫漶在生者心中，生出恐惧和悲愁，只能任由它们带着那一刻无以复制的情绪疾速坠落。

福柯曾说，"贫穷"其实是一种病，穷人就是病人。到中医院治病的多为农村的中老年人，他们之所以选择到这里就诊，因为一般的病他们是舍不得出门的。而到扛不住非得上医院的时候，他们会发现那些蹦出来的病痛不是靠吊一两瓶水就能治好的。在国家医疗体制反复改革的所谓失败与成功中，他们终能进入到保障体系之中。他们虽然手持绿色的农村合作医疗本，故作放松，但心里反复计算口袋的钱，面对治病所需，他们能省则省，把有限的钱花在几块、十几块一服的中药上。

疾病从来就是一种隐喻。我听一个乡下亲戚说他们把生病分"正病""邪病"，前者是得看医生的，而后者就要去求神拜佛。还有那宁可信其有而不信其无的巫医也将独具"地方性"和"时间性"的治疗手段发挥得淋漓尽致，它的灵验建立在某种神秘基础上，它的荣耀彰显在对部分疾病的战胜上。老百姓心中各有一套"神谱"，佛、菩萨、大神、小神、正神、邪神，在乡村的田间地头坚强地生长，暗自芬芳。从小孩出生到老人离世，有许多经验之外的头脑和双手疗治着千奇百怪的疾病，把脉人的生老病死。

我常常在医院的大厅、走廊、病室遇到这些被神"遣送"回来的，身患"正病"，黝黑而长满褶皱、木讷而说话紧张的脸。

而在医院这个折射世态人心的角落，还潜藏着一些纷杂有趣的事件。有几次，我路经院门前的宣传栏，那里贴着各式各样的宣传单：字迹模糊的感谢信、悬赏通缉告示、医院内部通知、租售房信息、快餐电话、私人诊所广告……覆盖、撕毁、残缺、受潮，纸的一次斑驳集会，无须加工的现代艺术品展示。

上午十点，这是医院就诊最热闹的时间段。我看到几个人围在一张新贴的小广告前，驻足不走，津津乐道。拙劣的印刷纸的内容火力猛烈——"重金求孕"，有足够的噱头激起人们的话语欲望和想象力。

彭某，三十一岁，美丽迷人，夫从商，意外事故致残，丧失生育能力。为继承富殷家业，特寻异地品正健康男士，圆我母亲梦，同时享受女人快乐。通话满意，即付定金，飞你处见面，不影响家庭，有孕重酬40万人民币。本广告已公证，负法律责任。联系电话131×××××××

"天底下有这样好事？""四十万元啊，这么简单就挣到了？""不会是骗局吧？""有钱了不起，乱弹琴。"……

几个观者在嘀咕议论，男人沾沾自喜，女人愤愤不平。"受法律保护，你试一试，又不损失。"两个男子互相打趣。其中一个男子拿出一只外壳磨得发亮的旧手机，装腔作势地按下号码，片刻后，他笑嘻嘻地说，空号，空号……

下午，母亲从外面进病房，也讲述在另一处见到的同样内容的求孕广告。这类广告漫天遍野。我呵呵一笑，天底下的骗局因受骗者而层出不穷。还有一则本质雷同的骗人广告——"诚心求偶"，张贴在我生活的城市小区的楼道和电线杆上。我戏谑，生活中处处皆布有陷阱，因为欲望，我们有了欺骗，我们一脚站在诚实的门内，一脚踏进谎言的禁区。

父亲咬着母亲的叙述话题，叹气，这世道，人心不古……

春天的回潮草草结束演出，漫漶的四月流水般离开。父亲有模有样地下床行走，我取笑他，又回到了小孩子学走路的时光。父亲老了。我们在即使长大之后仍不承认"父亲老了"的幻想城堡轰然坍塌。一场疾病，让过去那个能够遮风避雨、处事雷厉风行的父亲，开始如履薄冰地面对生活。等待恢复的过程，父亲流露出的笑容和一掠而过的忧伤，那一刻，我读到生命流逝、疾病作恶、身体与健康悲欢离合的更多内容。

后来，我一直在思考，年轻的我们对于父辈，始终是飞上高天的风筝，虽然有根线，但它飞行的方向更多地取决于风向，线只是一个符号、一个象征。我们的远离奔波、我们的理想追求、我们的貌似成功与越来越少的近距离的关心、回报，于父辈而言，孰重孰轻，哪些更有意义？……众多不明朗的心绪从四面八方涌过来，像水流汇聚，又从身体向外四溢。

那些"流水"，是可以触摸的记忆，分手之际，我握着父亲那只依然张开的笨拙的右手，用力一握，感受到手指的弹性、粗糙的细腻和春天的温暖……

身体之霾

　　我的身体又开始悸痛了。就像那翅翼在遥远的密林里的一次扇动，裹在远涉重洋的气流里，跟随春天降落在身体的深处。

　　窗台上的淅沥雨声，把这个乍暖还寒的春天锁定在绵绵的雨季。没有接到采访任务，大半个上午就在半睡半醒之间，和晦涩的春光一起消逝。先是莫名其妙地担忧、隐隐发作的不安，然后是无头无尾的迷惘。仿佛是奔跑在一条绳索的两端，一边想象着前一个采访稿中出现的失误，一边猜测着下一个采访活动的内容，内心就在渴盼与抵拒之中矛盾地纠缠不休，又无处倾诉。朋友说，这是强迫症在时政记者身上的典型症状。若果真如此，我从未想过同"强迫症"交手，但朋友所经历的那些表征与我的体验又是如此相似。

　　"强迫症"的副作用像把精巧的刀切割着"我的生活"这块蛋糕。断断续续的一段日子，后半夜惊醒后就再难以入睡。有时是被一个无端的梦搅得迷失重返睡眠的方向，有时是忐忑不安地强迫自己冥想，对第二天工作的忧虑，过去对某人言语不当的自责，更多的是对未来毫无来由的恐慌。这些，在体内集合成了一种真实的痛。

痛,像是一只"柴郡猫"。在英国怪异小说《爱丽丝漫游奇境》中,那只猫随心所欲地出现或消失,但会给人留下令人担忧的微笑。身体上的痛竟然伴随着微笑?令人匪夷所思。

"你去看看医生吧。"身边的人重复这善意的提醒。我无动于衷,寻找理由搪塞,或无所事事地磨蹭掉休息的时间。这一切都因为我从小就讳疾忌医。强烈的侥幸心理和暂缓性的舒适,把过去了的隐痛和恐忧给淹没了。我祈盼那真的只是暂时性的"强迫症"引发的不适,我的那些肉体器官还是循规蹈矩地正常着。但另一个念头像一头笨重的河马无可逃避地时不时地冒出水面,喘上几口粗重的鼻息。"也许是一种隐疾,无法破解的生命密码。"我小心翼翼地怀揣这一遭人嗤笑的念头,像捧着的潘多拉魔盒,虽然炙手,但无法逃脱。

安静和清醒的时刻,我会琢磨那"柴郡猫式痛",是源于精神上的那厚重的阴霾,还是身体的隐疾?如果真有隐疾的话,那它就是从一次洗脚中被发现的。

那次,跟随一个省级采访团报道。冬末春初,雨下得清清冷冷,让人昏昏沉沉。采访对象是一个单位,并非个人。午饭后的空当,单位把我们请进据说是县城最大的一个洗脚城。众所周知,"洗脚"是这个县城茶余饭后十分时兴的一项"娱乐活动"。洗脚城的大厅迅速被我们占据了。三十来张躺椅呈圆弧形排列,圆心是一个转动的玻璃水池,有个小喷泉,红蓝绿相间的小彩灯,闪闪烁烁。我们鱼贯而入,找位坐下,等待。洗脚城可能是首次一次性容纳这么大的团队,安静的大厅顿时喧闹起来。年轻的洗脚妹,抱着个小木桶,羞羞答答地走进来,但不可能一下子撞上对等的人数。于是这些临时认识的同行互相谦让着："你先来。""先给这位领导洗。"人慢慢地多了，有人嘻嘻哈哈地和洗脚妹调侃，无非是从"你是本地人吗"开始，然后不咸不淡地问答。多数洗脚妹并不太热情地配合这种调侃，只是一声不吭地埋头完成着规定的程序，偶尔会在"下手"时问一句："力度重吗？"

我坐在圆弧形的一个缺口位置，想睡，又睡不着。在午后休憩的时光，搭话显得有些多余和无趣。洗脚妹长相一般，手法和力道都感觉不错。她在做颈部放松按摩时主动提问："你们都是记者？"我心里咯噔一下："你知道？""你们进来时，领班就说了。"她笑着应答，但我的后脑勺看不到微笑。她的眼里，这么多记者一起洗脚，恐怕在该洗脚城算得上是一大新闻了。

泡在木桶里的脚发红，身体也跟着慢慢发热。有次看电视节目中讲到保健时，说人的脚部很多穴位均对照着身体的一个区域。具体对应的地方，当时记得几个，后来全忘了。我把疑虑抛给洗脚妹，她很认真地按着脚板的几个穴位，问："这里，痛吗？"于是，我的疼痛开始在眼睛，接着是肠胃，然后到了颈椎。我很紧张地说："都痛。"

旁边那位省台记者猛地支起臃肿的身体，和我对视一眼。他说，人有许多疾病是生下来就跟你玩躲猫猫的。到了一定时候，常常会猝不及防地蹦了来，有时可能并不见得是什么不治之症，人却都是被吓死的。一旦消失的事物重新出现，人的心理就扛不住，身体进而每况愈下，有时未尝不是件好事，不是种提醒，让我们意识到生命的限度、身体的负荷和生活的节制。胖同行是一路采访中"思考"最多的一个，看着他笨重的体型，我寻思，那些与肥胖有关的糖尿病、高血压等疾病没有在他身上光临？

但胖同行一番入情入理的话让我难过得只有保持缄默。疼痛在洗脚妹的手指间继续传递。我忍不住同她交流我所感觉到的疼痛，从怀疑到确定。我要她帮我证明，一定是肠胃、颈椎或者其他出了问题。可她却用微笑的语言宽慰我："像你们这种职业，多少都会有一些，不过注意调节和休息，多锻炼锻炼就好了，只是小毛病，不要太紧张。"甚至她还半认真半玩笑似的说："以后多来这里洗洗脚就好了。"

真的只是小毛病？又一个声音否定了她的轻描淡写。我毫不动摇地断定，那比一般的肠胃病、颈椎病严重得多的隐疾，像特务一样隐匿至深的疾患终于浮上来了。

结束采访后的次日，我找到了一位从医的旧同学。旧同学因为趋从于父亲的威严，弃文从医，可他似乎并不为身肩救死扶伤的职责而感到有所荣光，却在应酬中练出了酒量，也摸索到一条"人生结论"：多数人的生活都是庸碌的。他像接待每一位病人一样接待了我，在听我的描述时，他的蓝墨水笔在药方笺上写着：呕吐恶心腹胀……胃胃胃胃。

"那平日若隐若现的痛，就是从身体那个叫胃的地方向四周散播的？"瞅了眼他那慢条斯理的书写，我心想。

我说我讲完了，却又回忆起一段清晨漱口时最令人难受的一幕。强烈的呕吐感令人窒息，恨不能把肠胃掏出来晾晒阳光，胃水或是胆水，酸涩涩的，顺着洗脸池的下水管道口同流水一起冲走。

同学说："去做个胃镜何如？八成是胃病，你不太注意生活规律，熬夜写稿，暴饮暴食，工作压力大。人的神经过度紧张往往会造成胃部痉挛……"除了反感做那个胃镜之外，我很同意他的每一句话。我仿佛已经感觉到一个探头似的东西从口腔、喉咙、食道伸进胃部，像探囊取物似的，我又要呕吐了。

"不做了，太忙了，我要走了。"最终我找借口拒绝了做胃镜的建议，主动把尚未确诊的胃病冠到了自己头上，甚至连药方也没开，就带着同学说的药名离开了医院。在那些大街小巷林立的医药超市，我很容易就买到了同学提议"先试一试"的药——多潘立酮片。其实它还有一个过去大家更习惯的名称吗丁啉，其功能是促进胃肠道的蠕动和张力恢复，以及胃排空……

一次未做的胃镜检查，让我开始检点自己的生活。"规律饮食、定时定量、温度适宜、细嚼慢咽、饮水择时、注意防寒、避免刺激、补充维生素……"我的耳边开始响起这些约束行为的"叮嘱"。为此，我会慎重地考虑早餐，不吃油炸食物，因为不容易消化，会加重消化道负担，多吃会引起消化不良，还会使血脂增高。少吃腌制食物，少吃生冷食物、刺激性食物……

这一切都伴随着疼痛和不安穿梭在我的生活之中。我对自己的约束达到前所未有的程度。"一个人无法逃脱疾病的纠缠，往往在健康时又忽略了那些隐藏的疾病。任何疾病都是在不规矩的言行里埋伏着。"我自以为是地获得这一新的认识。

吗丁啉给胃提供的动力，似乎有效地制服了那捣蛋的疼痛。我是那种典型的"好了伤疤忘了痛"的人，又开始一个时政记者没有终点的忙碌。

春天是跟着"温暖"一起到来的。那段日子，我跑得最多的采访就是紧随市领导，到乡下给特困群体"送温暖"。温暖每年都会光顾一回。有一天，天空一扫阴霾，我们到一个山区县马不停蹄地看望复员伤残军人、特困农民代表。他们或是身体残疾丧失劳动能力，或是一场大病的冲击让一个家庭焦头烂额。领导曾在这个贫困县当过几年的"一把手"，过去和现在的变化令他睹物思情，心潮起伏。

"规定动作"完成后，领导说要绕道去看一个人。走到大兴土木、焕然一新的县工业园附近，公路两边都是新建的两层小楼房，那户人家的房子找不见了。下车后，方位感顿失的领导找到当地一个老人，描述要找的这个人：一个老妇人，应该有八十大几，一儿一女，儿子智障，女儿瘫痪。老人若有所思，很快明白要找的对象是谁。他带我们穿过不远处楼群间的狭窄过道，找到了一间大概还是二十世纪六七十年代建的土砖屋。除了一丘丘划割得七零八落的田土，多数人家的房子都"换代升级"，再差也是红砖房。土砖屋看上去格外孤独，可见我们寻访的这户人家条件之差。屋门掩着，没有上锁，引路的老人喊了几声，无人回应。闻讯赶来的村主任推开门，低矮的屋内一团漆黑。阳光跟着我们一同跨进，一张看上去零乱湿溽的床，半墙高的柴火垛，占得狭小的耳房满满当当的。走进略显宽敞的灶房，凌乱堆放的树枝，烟熏火燎后黑黢黢的墙壁，灶膛里有微火，一个身材矮小的老妇人站起来，打量着一群突如其来的闯入者。

我们的视线慢慢适应屋内的黯淡，领导跟老妇人说了一些话，大意是"近来好不好？还记不记得他？"老妇人很木讷，不说话也不点头。村主任上前，说了一长串方言。老妇人开始挪动脚步，我们跟着后退，又拐进另一间光线更暗的耳房。也是一张床，多年未洗过的蚊帐罩着，被子里躺着另一个"更憔悴的女人"。不知道灯在哪儿，也没人主动提出让灯亮起来，有人打开手机屏借光。老妇人开始讲话，断言片语，是更加难懂的方言。村主任在一边翻译，她八十四岁了，六十五岁的儿子出去捡柴火了，五十八岁的女儿瘫在床上有三十几年了。拿着领导递过去的信封（慰问金），老妇人的嘴咧了咧，却没有任何表情。有人转身时肘部刮到墙壁，尘土在一阵窸窸窣窣的声响中扑落，一股陈旧潮湿的气息弥漫开来，我的呼吸困难，我的胃像被一块坚硬的冰猛烈地撞击一下。巨大的痛让我紧紧地捂住腹部，恨不能勒死这从黑暗中偷跑出来的"袭击者"。

我们拉开撤退的阵势，村主任和周围邻居七嘴八舌的补充，让摆在眼前的这一家人的苦和难冒出冰山一角。工业园征地，这一家的田没了，征地拆迁补偿的钱就存在村委会的账上，村里每月从里面提一小部分钱作为生活费。儿子虽然智障，但还算得上勤快，最擅长做的一件事就是捡柴火回家，把屋里的空处填得满满的。老妇人每天在家给一双儿女做饭，却从不出门买菜，好心的邻居给一点什么就吃点什么，村里每月定时派村干部来看一看少不少米和油盐，也从拆迁费里拿点钱买些菜蔬顺带过来。

短暂的停留和模糊的叙说，并没有让老人一家的过去变得脉络清晰。生活在边远农村更边远的这一家人，命运好像天生如此，却又有着令人慨叹的异乎寻常的生命力。人在最基本的生活保障尚未获得满足之时，对生活的要求就是没有要求，这种"没有"在衣食无忧却仍陷入无尽欲望追求中的他者眼中，无疑是一团深沉的挥之不去的阴霾。

清明节的抵临，终于结束了这个冗长的雨季。雨，也成为了记忆的"酵母",在未来的许多春天里唤醒某些人回到逝去的时间段落。我还认识并采访了一位身染重疾的道德模范。一个农村女孩,从小丧父,寄居姨妈家,自由恋爱上了县城里的年轻退伍军人,磕磕碰碰地进了婆家的门,从没看过好脸色。婆婆快到退休的年纪,喊声倒下就倒下了,小脑萎缩,瘫痪在床。女人很纯朴,十三年来尽心尽意地照顾婆婆的生活起居。令人安慰的是,婆婆是带着对媳妇的歉疚离开的。前年,丈夫检查出遗传性小脑萎缩疾病,娘家的弟弟相继诊断为脑癌,她又得照顾两个最亲近的病人。每天凌晨三四点,她要到丈夫单位的下属机构——动物防疫站"编外上班",往检疫合格的猪肉身上戳盖蓝色的印章。猪肉上市了,她下班回家做完给丈夫和弟弟的早餐,又匆匆赶去附近的超市兼一份月薪四百元的售货引导员工作。

她每天都虔诚地祈祷上帝佑护亲人的平安,但弟弟一年前还是跟着脑癌走了。她剩下的唯一心愿就是丈夫活着,即使什么也干不了,他的活着是给家一个存在的符号。就是这样一个风雨飘摇的家,被疾病的镣铐桎梏着,让不堪重负的生活给挤压着。更为痛苦的是,四个月前,人到中年的女人晕倒在家中,迅疾确诊是脑血管出血和脑肿瘤,省某医院开口手术费先期少不了二十万元。"道德模范标兵"这份荣誉和报纸电视的宣传,聚集到的爱心捐款远远抵达不了那个天文数字。人们唏嘘着,不幸的家庭有着各自的不幸,太多的不幸集合到了这一个家庭。

女人躺在床上,以泪洗面,见到去看望她的社会爱心人士,说不出太多丰富的语词,只有"谢谢"两个最简单的日常用语。医生不允许她激动,但身体的颤抖让人明显地感觉到,这个在生死边缘游走的女人，每一个毛孔都在激动着。这份与痛和苦难有关的激动，覆盖了窗外所有的声响，让在场的我心生一阵剧烈的揪痛，好像身体内燃烧着一棵灰色的恐忧之树……

又是夜归。没有人知道，这种流水似的忙碌在很多安静的夜晚沉寂之后，带给我的是比痛更厉害的酸楚。饱满的情绪和永不复返的时间被撞挤压榨，剩下一些虚无的口号，还拖泥带水地把割裂的美好呈现在你的生活之中，故意让你欣赏一个乏味的"尾巴"。"这些程式化的文字都是过眼烟云，你得写属于自己的作品……"朋友一针见血，在我的"伤口"上狠戳，而我更是对自己无可奈何地咬牙切齿。当游离的目光在那天深夜停留在微风翻开的案头书页上，我从中感受到从春天内部生长的茂盛力量。这是一位女性写作者十分精细的叙述：写作者，就是一些经常疼痛的人。因为写作者有敏锐的触觉，于是他很容易感到疼痛；因为写作者有痛感，于是他闹出很大的动静让人知道他在疼痛……当他感知了疼痛，他才能倾诉疼痛。其实那些疼痛，也是所有人的疼痛。

生活看似永没有停歇的一刻。这个春天，雨季之后接踵而至的日子，我一如既往地在外采访着，经历着。对那些光亮的鲜艳我总是健忘，而一些悲伤的面孔常常搅得我的现实生活充满不安或流连。是的，面对那些与我相识、交往以及并不相识的人们，他们承受的疼痛，那些满世界奔跑，喧嚣或安静、庞大或渺小的疼痛，那些生活中的灰霾，看似只是个体的，也是所有人的疼痛……

很显然，这个漫长而柔软的春天，在疼痛里抵临，但不会带着它们离开。

第二辑 | 芃野里

云彩化为乌有

水，卷着浪，拍打着船舷。那是条老船了，真担心那些咬铆在一起的舷板突然就散架漂离。我挥了几下手，看到他整个人摇摇晃晃，像随时要沉入水中。他是个老渔民，自然是大浪见多了，但到底上了年纪，驾了一辈子的船，也有站不稳的一天到来了。我后来想，那是我的错觉，他的双脚牢牢地站在船舱里，像长在了一起。是湖水摇晃着船，船摇晃着他的身体。

水卷着浪，可我并没有看到风。我错了，忘记风是看不见的，但我的肌肤、头发、衣服也没感觉到风的到来。无风不起浪。这句话在水上流传多少年，没有不应验的时刻。不会的，是风还在云朵之上、水中央、船的周围、他的身旁，也在抵达我的途中。突然间，我一闭眼，风就来了。

我睁开眼，看见他的眼泪在眼角转圜。他擦了一把，赶紧摆着手说是浪溅了一脸的水，又改口说老眼昏花，迎风流泪。那段时间，他没事就坐在湖边的大麻石上，周边的杂草一人多高。他把背影丢给路过的人，没人知道在遥远的湖面，他看到的是未来还是过去。

　　他缓慢地说起他的"看见"。那天的云挤压得特别低，仿佛伸手可触，没过多久下起了倾盆大雨。天幕下只听见雨的喧声。有片刻的恍惚，雨像是从他身体里涌出来的，他的身体就是头顶的这片天空，那些悲呀苦呀疼呀难呀，都一股脑儿地出来了。他感觉到身体变得轻飘、空洞、柔软。天色渐明，他看到儿子昆山向雨中走去，身形越变越小，最后变成一颗光斑，而妻子从光斑里走出来，腹部慢慢变大。他惊怔了一下，时光倒流，在这雨中，他又把过往的生活过了一遍。他穿着一件宽松的藏青色雨衣，把身体罩得严实，即使这个世界再大的雨水，他也不会被溅湿。但他突然发现，脸上湿漉漉的，他惊慌失措，不知道脸上淌下的是天上的雨水、雨中的湖水，还是孤独的泪水。

　　我第一次找到他，是被安排采访他的救人事迹。我大致从他人的叙述中复原了那一场惊险的雨中救援。他从狂风恶浪中救起了十七条人命，儿子却殒了命。那是六月的一天中午，刚过端午，暖湿气流的高空槽和中低层切变，暴风骤雨是常事。湖面呼啸一团，风像一把大铁锹，把湖水像流沙一般铲起扬向空中。水浪扑面而来，打在脸上和身上，像一颗颗石粒般生疼，要砸出一个个洞。他看到天气骤变，凭经验判断，怕是遇到了渔民也头疼的"龙舟水"。他招呼儿子丢掉渔网，抓紧回到趸船避风。风发出尖利的嘶鸣，吹得他耳膜鼓胀，几乎要爆裂。他摆了一下舵向，打算绕过这个情断义绝的风口。但风伸出那只坚定拒绝的手，把他们挡在世界的门外。他拼着老力抓紧加剧抖动的舵，这是一场和大风之间的力的抗衡。当感觉到船会被掀翻的时候，他就松了把劲，船迅速偏移，在湖上跑出老远。

风吹得眼睛都睁不开了，四周是一样的风与浪，他知道离趸船停靠的地方越来越远了。

风把满天的云卷过来了，大雨将至。从早上出门起，儿子昆山没有与他说过一句话，是憋屈、赌气、较劲，父子间的战争上演过多少回，但这次升到最高级。云水之间，风劈浪涌，罅隙丛生，他觉得自己是最孤独的人。

他已辨不清风趸船的方位。风吹哪里就去哪里吧，他泄了心劲，又用力收攒回来，像收一张永远拖不上岸的网。隐约听到风中的声音，儿子昆山看到了，站起来，吼叫了一声，向不远处指了指。这个整天闷闷不乐的渔家子弟，跨步走到他的身旁，扳过机舵。湖面闪动着一片橙色的影子，发出此起彼伏的呼救声。有人落水了，糟糕透了。此般天气遇到这样的事。昆山半蹲着，手紧紧抓住船舷，船开足马力，迎着浪冲过去，在暴风中劈开一条道路。那艘旅游快艇因为速度过快，在大风中来了个侧翻，游客全部落水。靠近快艇，他把昆山唤到船尾把住舵，自己跪在船头去抓救落水者。那些求救的手在水中浮沉，他抓住一只手，又用力攥住腰身往船上拖，昆山一会儿来扳大腿，一会儿去掌舵稳住摇晃的船。折腾了近一个小时，父子俩救起了十七个落水者。他筋疲力尽，汗透一身，昆山把他换下来。救最后一位落水者的时候，一个大浪打过来，船上人多，船身倾斜，昆山一脚踩偏掉进了水中，眨眼就不见了。他叫喊着昆山的名字，旋风大浪把他的声音搅成碎片。他和那些落水者所期待的身影，一直没有浮出来。救援船接走了落水游客，留下他继续寻找儿子。这时，暴雨终于降临了。他在雨中呼喊着，雨声消弭了他的呼喊。雨雾像迷障般遮蔽了他的眼睛，突然什么都看不见了。那一刻，他熟悉的水上世界坍塌了。

我陪着他坐了很久，看着夕阳落下，看着火红的圆球悄无声息地潜入水中，都想放弃采访了。我不忍心再让他经历一次失子之痛。这一片的老渔民越来越少，他所居住的捕捞社区有一百四十多户，上岸定居后，六十岁以上的就不再出湖了。但他是个例外。在外打工的儿子回来闲在家中，喜欢上了玩赌博游戏机，是他逼着儿子上船的。多少个孤独的白天与夜梦中醒来，昆山之死，像荆条捆缚全身，在那些命定的时刻抽打着他。泪水嗞啦从眼眶脱落，滚过脸庞，睁开眼，他就看见昆山向他走过来了。

他约我在租住居民区的一家私立幼儿园门口相见。他打着手机向我急匆匆走来，从步履神态上看不出是一位年过七旬的老人。时间的白色光斑，潜伏在他的两鬓和胡髭之间。一九四五年，他出生在李白诗中"千里江陵一日还"的湖北江陵，楚国的国都，一个叫"郢"的地方，曾经从春秋战国到五代十国五百多年的时间里，有三十四代帝王建都于此。被炫耀的这片故土，留在他记忆深处的却是贫瘠、穷困与饥饿。

他有一子一女，都不是在老家生的。老家农村太穷，从少年记事时起，灾荒人祸，田瘦土薄，连年歉收，饥饿每时每刻就在身后追赶着他，就像是在挨着一个个至暗时刻。他决定出逃，驾着一条船，顺着长江的水流，过起了水上生活。还有一个纠结在内心的矛盾，是妻子婚后几年未见怀孕，却检查出患有神经官能症。他从没听说过这个病名，躺在身边的妻子，入睡困难，胸闷心悸，多梦易醒，食欲不振，月经紊乱。看似极其日常的生活碎片,在她身体里长成一种难以治愈的疾病。闲言碎语,落在村里硬邦邦的土地上,反弹到他心里就沾满了尘灰的毛刺。家门口的荆江,只是长江中的一段,小时候他就听在外闯荡过的老一辈人说,千山万水通过这里就连在了一起。

沿着安乡、南县、华容,还有很多诗意名字的村庄,那些年走走停停,每到一地,住的时间或长或短,有的地方水域少,驾船打鱼出门一趟,几乎拼尽全身力气,那是不敢回想的艰难。一九七五年九月,全国对流浪在外的没有户籍的人员进行过一次清查,他被遣送回原籍,但一年后他又离家了。树挪死,人挪活,这句老话让他甘愿吞咽下遭遇的所有穷困。他信,穷困与阻难总有远远抛在身后的那一天。

顺着那些沟河湖汊,他头也不回地走下去。他在想,水送到哪里,就在哪里安家。有一天过洞庭,遇大暴雨,电闪雷鸣,浪涛怒吼,船上一切能活动的东西都发出噼里啪啦的响声。水面像闪耀着一条条鱼脊般的银光。夜太黑,他担心船下沉,当时船上还有岳父母,于是靠了岸,等雨歇天明,风平浪静。这个夜晚带来了意外惊喜,妻子发现自己怀孕了,之前看医生,求神拜佛,把观世音请到船上神龛供着,归结于一场风雨中的滞留。那个年代,三十二岁的妻子已经是高龄孕妇了。菩萨在风雨之夜显灵了,他掰着手指,算出孩子是三月末在调弦口水域的另一个风雨之夜怀上的。他朝着东方磕头跪谢的时候,天尽头的云层发出透明的光亮,像一座刚刚点燃的云彩。他看到过湖上太多的云彩,却只记得这个夜间,重重黑幕中稍纵即逝的绚烂。

水把他送到了洞庭湖畔的一个捕捞村安家落户。捕捞村过去是城中村，住着的都是南来北往的渔民。那时集体作业，每次归来要把捕到的鲢鳙青鳊分好等级上交集体，他从不藏匿一条多余的鱼。吃过遣返的亏，他口袋里随身带着一纸证明，老实厚道人缘好，帮他融入并拿到了一个当地户籍。由鄂入湘，漂泊经年，他觉得自己是幸运的，还有那么多在水上漂着的人，几代下来，都忘记了自己从哪里来，到哪里去。有水的地方，就有船，有船的地方，就是家。儿子昆山是与包产到户的政策一起降生的，他认为一切都是最好的安排，好日子才刚开始。

他是出了名的吃苦、霸蛮、节省，前些年挣下了渔民新村的一套集资房，南北通透，一百一十平方米，站在窗边就能看到隔着马路的湖。熟悉的水的气息每天清早把他从梦中唤醒。他又想起那些追逐云霞的日子，晨曦、午后、黄昏、白色的、七彩的、烈焰似的，粉色雾霭，沉凝墨色……他看着它们的聚散，却有一种"常恐归时，眼中物是，日边人远"的神伤。

有一天他一声不吭地把房子卖了，搬进了社区邻湖的一排旧平房，五十多平方米，简陋阴暗。最关键的是借房子时，社区主任就讲明了，何时喊拆迁就要搬走。他签了承诺书，却盼着别拆、不拆、慢点拆。儿子昆山不争气，辞工回来过完春节，没找到中意的工作，没事就到路边小店玩赌博游戏机，开始偷偷小玩，后来透支了信用卡，不知不觉刷了两万多，还不上钱，上了黑名单，银行告到法院催缴。传票到了他手上，逼问之后才知道是玩赌博机惹的祸，他气得肺都要炸了。

他把兄妹俩寄读在岸上一个老师家，送钱送吃的就过来看一眼。孩子从小就跟他不亲近，看到他来了就躲开了，像是看着别人家的爸爸。儿子昆山成绩差，不是读书的料，挨到小学毕业就不肯继续上学了。打过骂过之后，他妥协迁就了，就带着出湖打鱼。他让昆山干累活脏活，心存他能知难而退的希望。沉默的昆山咬牙坚持下来，毕竟水上太辛苦，他又心软了，琢磨着送去学点手艺。厨师、修理、剪发，名堂换了好几个，不成器，后来外出打工，电子厂、服装厂、食品厂来回跳槽，也是不成功的命途。找了个打工认识的湛江女人结婚成家，拖了几年生了孩子，丢在家里又外出打工了。女儿也不省心，好歹读了个自费的本地中专，毕业后去了东莞工厂，适应不了那边的流水线生活，又踅回来，超市收银员、宾馆服务员、足浴按摩师，换过几份工作，婚姻一拖再拖，高不成低不就，最后找了个大十岁的外地男子结婚，也是没工作。

分不了家，都还住在一起。每天吵吵哄哄的，烦心但也还是完整的一家人。过了六十岁，他也出湖很少了，找了份看门的工作，坐在岗亭里盯着电子屏幕。他戴起了老花镜，手头边还放着一本《对联知识》的薄册子，是去街道的老年诗社听课发的，自己也学习写了两句：电子眼安营老巷，小屏幕辨真识伪。他请书法班的老哥们儿写了，贴在岗亭外，物业主任夸赞他，这安民告示写得好。原以为老年生活就是此般度过，没料到接二连三来了事，昆山的信用卡事件和外面的几个债主来家里进进出出，要面子的他唯唯诺诺，除了道歉就是咒骂不争气的儿子，恨不得自己钻个缝躲起来。他痛下狠手，把房子卖了，当时房价不高，十来万块钱，还掉家里欠的一点债务，儿女各分一半，从此再不相欠，各自安身立命。儿子的事刚解决好，这口胸中的怨气还没吐完，女儿女婿又闹腾起来。女婿在老家的妻儿找上门来，原来是一个没离婚的主儿，男人懦弱，灰溜溜地跟着走了，丢下一个笑话给街坊邻居。女儿羞恼之下，又踏上了南下工厂之旅。

他带着妻子开始了租房生活。那些日子他每天喝酒，喝完酒就去干活。租的房子后面是一片沙洲，他挑来泥土，春上时节，种了几分菜地，春天过去，菜地全长绿了。干活的间隔，他抬头就看到了湖，看到湖上来来去去千万条的水路，辨不清哪一条才是自己走过的。要是再年轻些，他怕是要选一条水路再次出走。水上没有那么多糟心事缠绕，风吹雨打过后，天空像水一样干净透亮，心情也干净透亮。

"儿子死的时候眼泪都流光，流到湖里了。"他像是讲述别人的故事，那张酱油色的脸，深深的皱纹互相折叠，表情动起来，就成了咧嘴微笑的一根根唇线。

那段懊悔的日子，他试图理解儿子的苦闷——孙子庆声的病，找不到满意的工作，没有经济来源，管不住贪玩的心性，夫妻间的龃龉，都可能是压在昆山心上的石头。父子之间这些年没有过一次掏心肺的交流，经常是冷战，如同陌路人，这也许才是压死骆驼的那根稻草吧。他又想起了庆声生病的事，昆山带着媳妇去了深圳关外打工，庆声留在老人身边，最怕生病没照顾好。这世上有时怕什么偏来什么。愧疚的疤，虽早结了痂，但还没脱落，用力去掰碰，又会钻心地疼。

庆声上幼儿园大班那年，有天放假，庆声嚷着去划船去捉鱼。渔民的后代，不管以后要不要离开船，但总归要认识水，认识水里的鱼和水上的风景。妻子没拦住他们，庆声上了船，欢心得很，裹着头巾，像个海盗船长指挥他全速前进。万里无云的天空，突然就像开始演出的舞台，帷幕拉开，云彩从远处款款走来。庆声大呼小叫，指给他看天边奔跑的马、追逐的狗和肥胖拥挤的人们。归家后，吹了风的庆声晚上发烧了。妻子换了几个土法子，温水擦过脖颈腋窝腹股沟，白酒又擦了一遍，喝了糖盐蜂蜜水。烧不退，他急了，赶紧把孩子送到市医院，急诊医生认定是手足口病，打了针后有所好转，带回了家。本以为没事了，结果晚上孩子又发烧，他急忙把孩子再次送到医院，换了一个医生，让去儿科继续打针留观。留观室人满为患，孩子生病，那些年轻父母只懂得往医院送，医生排队叫号，冷漠地打发着一拨接一拨的病人。庆声躺在留观室床上，输液防脱水，也不知注射了其他什么药，孩子瑟瑟发抖，都尿到裤子里了也没知觉。他一个在湖上漂的人，不懂检验结果上的那些箭头和数值，但孩子昏迷的样子，尿裤子竟然连吭哧一声也不会了，他觉得问题严重了。他去找医生，医生忙，他就变成了低声哀求。也许是看他是个老人了，医生过来了，皱着眉头看完孩子。他从医生眼睛里读到了不祥的预感。又来了两个年纪大的医生，嘀嘀咕咕交流了一会儿，然后其中一位告诉他，病情有些异常，会马上派车送往省儿童医院。他脑子里刮起了风暴，天旋地转。他一个劲地问为什么，医生不说话。他想扑上去撕开他们的嘴。后来孩子上了救护车，还是昏迷不醒的状态。救护车闪着灯鸣鸣叫着在高速公路上疾驰时，他看着昏迷不醒的孩子，感觉整个世界都在旋转，肠子都快悔青了。湖上打鱼的时候，再黑的夜再大的浪，也有过恐慌，但都比不上这个晚上，像是走到路尽头，走到末日来临的那一刻。

庆声的命是保住了。"后来到省城，医生一检查，就说恐怕是癫痫病，你说市里医院哪这么糊涂，误诊耽误了那么久。"他耿耿于怀，又怀着人在疾难前的万般庆幸。到了医院，车门打开，见到医生他就跪下了。他的双腿战栗，湖里的风浪见过那么多，都活到两鬓斑白了，他从来没有这么害怕过，一下抓住医生的手就哀号起来。大庭广众之下，他感到人生如此的悲伤、恐惧和绝望。

后来的事情，不幸中的万幸，上天保佑。"祖宗菩萨坐得高。"他说，孩子因癫痫引起脑损伤，智力出了问题，读书是没指望了，平安活着成了他心中最大的祈愿。他害怕什么呢？他问过自己好多次，是怕在外打工的儿子媳妇的责骂，还是怕眼睁睁看着一个小生命的离去。医院仁道，辗转请市妇联帮着办了母子的低保，办了孩子的残疾证。那一年，低保是每月三十元。他没去找市里医院的碴儿，认了这个命，就像他只有在水上漂的命一样。满世界，这些年月，他最恨的是自己。

他说，人是要服老的。老之已至，连天上的云彩看上去都苍老了，连水最深的地方都变得如此切近了。

我分明看到他心中那条痛彻之径，覆盖着悲伤、苦楚、离别的云朵、风浪和细雨。我决定放弃对他英雄之举的采写，只想陪着他安静地坐一会儿，从湖水和变幻的云彩中看到些人间秘密。

他从早到晚坐在湖边，有时驾船去昆山落水的地方待一待。船顺着水漂，他静静地看着远处，依然是看过许多年的茫茫一片，是无限拉长的静止。湖水停止了涌动起伏，好像有这湖水，就能将他满身的苦楚卸载、溶解，好像有这湖水，通向的是起死回生的至亲身边。昆山不在了，没过多久，媳妇声称外出打工，把孩子丢下，再也没有回来。他早就该猜到过这个结果，也好，他安慰自己也安慰妻子，有庆声留在身边，至少他们不是空巢老人。

有一次，下着雨，他看着湖面升起一朵云，像是风卷起的水，水变成了云。云跟着风在空中飘，夕阳西下，云影慢慢由大变小，如同一个人的衰老。雨落下并穿过它，像打湿了一件衣裳。他想起小时候听老人说过，看到水变的云，再大的苦难都会化为乌有，生活重新开始。一笑泯悲愁。

"要回家啦！"总还是会有那么一个时刻，让他回到现实之中，想起那个租借的随时要拆的房子和房子里的女人。那个叫凤珍的女人这两年的风湿关节炎加重，拖着一条病腿，但从没有过半句埋怨。"你陪庆声长大，我陪你老去。"他耳畔响起她说的话，就会又一次躲起来涕泗流涟。她在等着他，庆声也在等着他，像湖水不会因为一次沉覆停止流动，像世间命运的差池总有一个归处，像生活中的至暗时刻终不会因为苦难、失去而阻滞黎明的降临。

夜色起

那些日子，二妈总在忐忑不安的情绪里等待每一个夜晚的到来和离去。

她病了，着了邪，这个邪不轻。小姨气鼓鼓地冲着姐夫发脾气："你看，这个家弄得还像家吗？"小姨那张胖圆的脸改变成有棱有角的方形，有些滑稽，但没人敢笑出来。因为，二妈这次得的病显然是乡下人磨得粗皮厚茧的手也不敢接的"烫山芋"。

从县城的医院回来，二妈上床合着眼假寐，实则尖着耳朵听堂屋里的说话。但二叔、小姨几个只是叹气，喝水，咳痰，嘴巴里喉咙里剌剌啦啦作响。然后是沉默。束手无策。医生说的话很委婉：回家先吃药观察喽，多安慰病人，控制住不往坏处发展。

小姨火了："碰了鬼啦，我明天去请钟大仙治治，哪会无缘无故搞这个毛病。"又来了几个二妈家的亲戚，打探病情的，他们都住在村子的周边，不远，溜达几步路就到了。他们看着天书般的病历本，瞠目结舌。"抑郁症"，他们没听说过这种病，但从小姨的怒火中，很快心知肚明。他们的生活词典里蹦出"精神病"这个词，取而代之那个让人意外的结论。二叔打电话给小女儿通报医生定论，反复说着病象。窗外的夜色于悄然间张开巨翅飞临，亲戚们趁此机会作鸟兽散。

人好人歹都是要活下去的，这是二叔的人生哲学。他走进冷火秋烟的厨屋，塞进灶膛一把晒干的棉秆，噼噼啪啪炸响，屋里的灯没有亮起，炊烟带来生气。二叔惆怅若失，锅里翻炒着自家地里长出的莴苣，那一声长长的尖啸像是从地底下坚硬的石头中突然炸裂。他的耳道里响起一阵惊马奔逃的声音。脚步纷乱。二叔慌张地拉开纱门跨进里屋，患病的妻子眼睛圆睁，散乱着头发，缩抵墙角，紧紧抱着自己的身体，床上的红印花被甩在地上。二妈的嘴唇扭动嗫嚅着，发出奇怪而低沉的声音。二叔捞起地上的棉被，又呵斥起自己的女人。多少次无效的劝慰，让他难以压制心中的无名怒火，恨不得烧死那个躲在妻子脑子里的幽灵。事后情绪平静下来，这个一辈子都在与土地打交道的农民又会懊悔不已，医生叮嘱的话浮雕般站起来，要多给病人营造安静温暖的现实环境，多引导病人去回忆感受美好亲切的往事。他使力拍打自己杂乱的头发，心里的痛淌过满脸皱纹的沟壑，犁落两行热泪。

泪流过后，二叔更加坚定地认为，二妈的病都是她自己的心理作用。"一个人为什么要想那么多复杂的事呢，外面吹点风下点雨，狗呀猫呀弄出些响动，这有什么好害怕的呢？你那么紧张干吗？……"二叔咄咄逼人，他有太多的疑问，连珠炮般发射出来。一个已经患病的乡下女人独自面对正常人的疑问时，只剩下瑟瑟颤抖，四处躲避那些粗暴声音的追击。

二妈患抑郁症的事传到我耳朵里后，我找了个周末回去看望。她的两个女儿都在外地，没有子孙绕膝，家里空荡荡的，打开家门就是成片的棉田，左邻右舍的屋都隔着上百米距离。乡野的清冷，对二妈的病是非常不利的。见面时，二叔到地里摘棉桃去了，二妈就坐在堂屋堆积几箩筐的棉桃中间，把棉花絮从黑色的壳里扯出来。她很紧张任何一个人的到来。我亲热地喊她几声，她认出我，又更加紧张起来。她想去喊田里的二叔回家，又想去烧杯茶招待家里的客人，但当这两件事无人指挥的时候，就心慌意乱了。

谁也无法否认这场病改变了二妈。二叔更是不愿在乡邻面前启齿，什么抑郁，他们只晓得疯子、神经病，谁的家里摊上这种人，仿佛是前世作恶的结局，仿佛谁四处谈论，博取同情都是可耻的。要知道，二妈年轻时干过大队会计、代课老师，回家务农后，各类农活都干得漂漂亮亮。田间垄上，庭前院后，收拾得井井有条，她是村里公认的聪明人。但她又老实得只知道埋头干事，老实人的本性让她不去争取那些稍加付出就能得到的东西。她跟人交往，有礼有节，言语不多，人的好坏她心知肚明，进退有度。就是这样一个贤惠能干又善良明快的农村妇女，却鬼使神差地落入身体的陷阱。"陷阱"的悲哀所在，就是你慢慢地挖好它，连自己都未察觉。

在二叔心里，我在城市工作，见多识广，也许能帮上什么。饭桌上他坚持要喝一点酒，我没有拒绝，他心里的苦需要找个渠道宣泄一下。"为什么要互相折磨，一个人好端端的，为何如此折磨自己折磨家人。""你不知道我多窝火，你二妈的姊妹都责怪我，我是情愿这样吗？"……家族间的矛盾摩擦在乡下是普遍现象，天下太平时都相安无事，一旦有风吹草动灾祸不幸，矛盾就全迸发出来。我端着酒杯，看着那张老皱的脸、那双迷离的眼神，唯有安慰："面对现实，积极治疗，这道坎大家一起跨过去，何况二妈的病还是初发期，幸许通过药物治疗会慢慢消除。"多半时候，我语塞沉默，不知要如何条分缕析这个降临在二妈头顶的病灾。来之前我逛百度，有关抑郁症的网页铺天盖地地砸进视野——"人群中有百分之十六的人在一生的某个时期会受到抑郁症的影响，又至少有百分之十的人会出现躁狂发作。专家预计，到二〇二〇年，抑郁症有望成为仅次于冠心病的第二大疾病。"我不知道二叔会不会明白我跟他说的这些，这个世界上有那么多同病相怜的人，或许能略微减轻他内心苦涩的重负。

二妈患病初期，小姨隔几天来一次，她执意要去请钟大仙。钟大仙是城郊一个道行很深的神婆，很多人有病有灾、避邪、求子求福求财都要登门。小姨的提议被二叔一口否决，"哪有什么神神鬼鬼，有钟大仙还要医院要科学干吗，钟大仙能免除她自己老公不出车祸身亡？""那一个好好的人，突然变成这样，医院说治不好，你不想别的办法，你是什么居心？"小姨反唇相讥。

小姨邀来的几个"帮手"——大舅、堂兄、表姐，在一旁你一言我一语，浇熄即将爆炸的炸药包。二妈的病一直是个疑问，病因从何而起。不知谁扯到前年二妈摔跤后的骨伤，二叔便偃旗息鼓了，不管他承认与否，这个世上没人能吃到后悔药。前年冬初，二叔执意挖塘泥抬高晒禾坪，塘泥未干透，二妈在摇水井旁提水滑倒，伤了尾椎骨。伤的前几天还忍着以为没事，后来疼得受不了就去看医生，照的片子是骨折，幸好不是特别严重。农村人都是"大病化小，小病化无"的对待方式，一生勤俭节约的二妈哪舍得花冤枉钱躺在医院里，只恳求医生开具几种不疼不痒的疗伤补钙药物。医嘱：卧床两月。这番遭遇，大家都清楚，但又不敢说真正清楚了。一个养骨伤的病人，为什么会转化为抑郁症患者。但摆在面前的事实，二妈躺在一张"门板床"上，疗养骨伤的两个月过后，她开始对这个世界对任何事情敏感起来，一种没有来由却无比巨大的恐惧像癌细胞般从她的内心深处迅速扩散。二叔的软肋被击中，最后丢下一句："你们爱怎么弄就怎么弄吧！"

二妈的恐惧也许并非骤然出现。伴之产生的性格突变、敏感多疑、行为诡异，都在如沙尘般聚积。二叔看到，妻子的情感变得冷漠，脾气变得暴躁，对家里家外的事情不感兴趣，经常会为一些小事而乱发脾气。外地的女儿回家发现，热情好客的母亲突然对人冷淡孤僻，与人疏远，不愿与人交流了。邻居则看着独来独往的她，对近在眼前的招呼置若罔闻，行为举止叫人诧异。

我在二妈家留宿的当晚，酒酣入眠的二叔发出间断的呼噜声，二妈却辗转反侧。同一间房内躺在客床上的我小心翼翼地安慰她，"想什么？""嗯。""没事的。""嗯。""有什么事就说出来，说了就好了。""嗯。"……我给她展望一个家的美好未来，描述医学发达，抑郁症的治愈不足为奇。不管我说什么，二妈的鼻孔里只嗯嗯地回应着，充满歉意。后来，她长久不翻身，似乎已入睡，我也沉闷了，实则她是担心声响扰我睡觉，想让我以为她睡了。我睁眼看着屋里的一团漆黑，辨认不出任何事物，却仿佛能看到二妈绷紧身体，攥紧双手，抗拒什么的到来。这是我度过的最漫长的一个夜晚，我绞尽脑汁，想如何跟二妈说，哪些可以说，哪些是禁忌，我好累。难道她不累？她日益消瘦，神色仓皇，压力山大，只有在药物的作用下，她才能够睡着，否则就是在一分一秒的流逝中数着夜晚的光阴。

迷迷糊糊的后半夜，二妈的一声尖叫把我们惊醒。二叔睡意蒙眬，扯亮电灯，蜷缩在床角的二妈又迅速躲到被子里，蒙住头，嘴里喊着："别抓我，我不去。"二叔把她哄得安静下来，她告诉我们她做噩梦了，梦里有和尚跟道士手持绳索铁链要把她捆走。二妈手心汗津津的，我握紧她的手，说："这是梦，不会发生这种事的，没有谁来抓你。"

夜晚成了横亘在二妈面前一道难以翻越的崇山峻岭。农村空旷的夜晚，黑暗粗暴地夺走了人类感官中最宝贵的视觉，听觉趁机作乱，那些素日习焉不察的声响，夜里张开想象的翅膀，在二妈的脑子里飞来飞去。也许飞走了就好了，可它们俯冲下来扎下根不走了。这些混蛋充满邪恶，嘈杂地争吵着，赶走一个农村女人心中驻扎多年的安宁，日常生活里任何微不足道的事在她眼里都极其危险、布满陷阱。而夜色刚升起的时分，她总爱张望家门前的通道，仿佛等待着什么；她害怕疾风卷动树叶的呼啸声，猫儿行走屋顶踩动瓦片的声响；她眼前经常恍惚，把许多虚无的东西附加到自己身上，别人在议论她，有人想加害于她，幻视幻听的症状在夜间演进得格外显著。特别是夏季骤然增多的雷电之夜，白色闪电撕裂天幕，青色大雨瓢泼而至，风雨的二重奏在一个精神隙缝已经绽裂的老人心里，该是制造着一场怎样的心灵地震。

二妈的噩梦闹腾一场，终于乏力入睡，而窗外的天色已微微发白。酒精散尽的二叔毫无睡意，和我漫无目的地聊起两个表姐的生活。二妈生育四个，中间的孪生兄弟夭折了，一头一尾是女儿。农村"养儿防老"的意识多少年来像庄稼一样在田间茂盛地生长。这个痛点一直埋在她的心里，也从未向人提起。大女儿中考毕业那年长江洪水暴涨，等到邮递员送来卫校通知书已是秋后开学，她与那个年代有工作分配的中专学校失之交臂，一生的命运被改变，早早结婚生子，尔后家庭不和、婚姻不幸。她远上广东打工，省吃俭用，把自己"刻薄"成一个矮瘦的身体。爱赌博的大女婿输掉了乡镇农电站的工作，离家出走十多年，下落不明。名存实亡的婚姻在乡邻茶余饭后的齿缝间滚来滚去。二妈养骨伤，大女儿请假回来照顾，假还没休完，就匆匆赶回了南方，原因是她的公婆几次登门，催促媳妇回去。回去又能干什么，一堆窝囊事，眼不见心不烦，更加懒得与那些爱嚼舌的人说话。一个空虚的家，儿子跟着爷爷奶奶生活，被老人教唆与妈妈关系疏远，读完县里的职业学校也去了南方打工，拿到第一个月工资就染了一头黄灰色头发。四十多岁的大女儿悄悄把辛苦打工攒下的钱塞进二妈的枕头下，大清早又出发去了那没有感情只有机械生活的城市。小女儿结婚迟，又有着另外的难言之隐，婚后七年，从之初的不急着要到怀不上，孩子问题似乎成为一个永远都不敢擅自踏入的雷区。二妈卧床的日子，从前殷勤的小女婿很少问候，借口是工作忙出差多，但老人敏感地察觉到涌动的暗潮随时可能摧毁她最钟爱的小女儿的家庭。

两个女儿所遇到的生活难题，尽管在这个年代有着众多的

"类似"，但在二妈这里变成了一道不可逾越的沟堑。来探望的亲朋好友说东道西，嗟叹惋惜，农村根深蒂固的迷信意识屡被唤醒。有些不怀善意的叙说，有些不期而遇的偶合，都变成一块块石头堆砌在她的心里。躺在"门板床"上，骨伤慢慢愈合，可苦涩冰冷的黑胆汁，古希腊语中"忧郁"的代名词，越积越多，让二妈患上深深的孤独症。那些纷繁的心事，像春天地里播下的种子，碰上好年成，长得越发茂盛、杂乱，再也不能割刈干净。二妈纠结于那些蛛网般的心事中不能自拔，让我想起肥皂剧《辛普森一家》中的一句台词："假如念念不忘，那么任何事情都会变得糟糕。"

回城后我特意去咨询一位神经内科医生，他说，像二妈这样的病例他见得太多，病因五花八门，但多与刺激有关，有些刺激因素就潜伏在风平浪静的日常生活中，可全世界都找不到好办法，唯有依靠药物来稳控疗效。藏匿二妈体内的抑郁因子，这些要重点盯控的上访群体，究竟长得怎样的奇形怪状，你稍不留意，就不知它要制造多大的麻烦与灾祸。有一次夜聚，我的医生朋友竟然在微醺后埋怨，每天来挂号看病的人群中，抑郁症患者越来越多，不明白这世界到底怎么了，我们的情绪何时变得如此脆弱。

他的一声职业感叹，把酒桌上散乱的话题归拢。我们开始谈论情绪，追寻一切可以让情绪失控的往事和记忆。抑郁真的只是情绪的一个端口。快乐、悲伤、气愤、尴尬、恐惧、厌恶、惊奇、罪恶、羞耻、嫉妒、轻蔑、同情、崇敬、挫败、怀旧、困惑……还有更多细微的情绪感受，那瞬间即逝或短暂过往的情绪反应，像隐藏的导火线，引爆我们无以承载的精神世界。

趁着暑假，小表姐听我的建议，带二妈到省城的脑科医院看病。医生把情况一问，做了几个简单的测试，二话不说，就开了个住院的单子。"要治疗，住院吧。""能好吗？""好不好先不说，住院观察一段吧，抑郁症，这是严重的心理障碍，患者的认识、情感、意志等心理活动均可出现持久的明显的异常；不能正常地学习、工作、生活；动作行为难以被一般人理解；在病态心理的恶性发展下，有自杀或攻击、伤害他人的动作行为……"医生的一番诊断和郑重其事的描述，把二妈这个在农村待了大半生的女人丢进了冰冷的病房。吃药、化验、检查，小表姐尽心尽意地陪护。老人夜间睡得好些了，药物控制了噩梦，可神情越来越木讷。她面目冰冷地看着远处的高楼、有霾的天空，眼前的四菜一汤、药片，眼睛里透露出的是一团浑浊，全失去了过往的生动气息。

病区里都是这一类的病人，只不过年纪、遭遇、病情各有差异。一个刚上高中的女孩子，总是以为有老师同学在背后搬弄她的是非；一个公务员男子认定上司给他小鞋穿而暴力相向；一个丧偶的女人，每天到丈夫的单位等他一起回家；一个空巢老人听不得大的响动，不敢迈出家门半步……这个美其名曰"脑科医院"的地方，实则是精神病患者的"集中营"。精神分裂、抑郁、焦虑、狂躁等等，这些标签被贴到一具具鲜活的身体上。

我出差，顺道去探望二妈，小表姐说服药对她精神之疾的疗效时好时坏。记得那天在气味凝滞的病房内，我与二妈的眼神狭路相逢，一碰着，她就扭头垂落。二妈的眼神中表露出的是对这世界的不信任，她仿佛永远生活在一种紧张的状态中，任何喜悦的传递在她的脸上看不到笑容呈现，偶然的神情放松也只是昙花一现。在病区穿过，奇怪的感觉湿黏黏地包围过来，每一位陪护的家属脸上都很苦涩，一个个比赛似的忧思重重。小表姐说，这里是病情不太严重的病区，她指了指一幢铁门紧锁的院子，从天色熹微的凌晨开始，那里就发出一阵紧似一阵的吼叫声，夹杂着此起彼伏的哭泣，这个特殊病区的喧闹会持续到很晚，甚至有时在好不容易寂静的深夜，突然又爆发出惨烈的呼叫。在这里的压抑感太大，小表姐苦笑着说："不说病人，好人住久了不抑郁才怪。"

太多的不可言述在我们身边发生。偶尔我也会认为自己患有轻度的抑郁。比如我刚改行做记者的那段时间，天天跑会议新闻，藏匿正襟危坐、人头攒动的会场，人人各怀心思，大家的耳朵似乎张开，一排领导按职务从小到大的顺序，念着一摞材料报告。那些内容重复单调、耗费时光的报告，让人看不到会议的尽头。面对这种不确定感，我时常生出古怪念头，拂袖而去，把桌上的茶水泼进那些茫然空洞的嘴里。那些被恶劣情绪辐射的夜晚，我的目光始终无法聚焦在斑驳的文字材料之中，去梳理这些道貌岸然、装腔作势的文字。我一直以来没法将对它们的厌恶表达，唯有用顺从的方式安抚这群躁动者。有时我想，某一天，我将会被这群躁动者逼疯。即使挤进一屋子平日最钟爱的书丛里，那些精心挑选带回家的书籍面色狰狞，我会产生一种窒息感。多么荒谬可笑，那些由不同的人创造的书里有数万种世界，集结在一起，它们摇身变成了万数种谎言。

恐惧这个词，从这里起源是再正确不过的了。暗示前方有某种不明之物、不祥之兆在等待，不可解释的事情时刻能在此发生，一瞬间，对虚无的巨大恐惧可以淹没任何一个人，而每一个人都成为恶劣情绪和孤独的俘虏。寻找生活的意义，在二妈置身的医院里是一件奢侈和可笑的事情。

药物始终是抑郁症患者治疗的唯一途径。帕罗西汀、舍曲林、氟西汀、西酞普兰、氟伏沙明，这几种常见的药物专为像二妈这样的抑郁症病人量身打造，它们有个令人迷惑的名字：五朵金花。我在二妈的药方上看到这些空洞的字眼，特别是帕罗西汀，这是人们常用的选择性 5- 羟色胺再摄取抑制剂。药物和疾病是天生的一对敌人，从来都是此消彼长地相互制约、抗衡。二妈患病后，我咨询过好几位从医者。为什么没有特效药，那些从高级科研实验室内出来的药品，难道多少年来都是典型的试错法？因为网络上不断有人交流自己服用抗抑郁药或治疗其他精神疾病药物的感受时，那些诸如手脚麻木、动作呆滞、脾气时好时坏、性欲消退的副作用层出不穷。似乎所有药物都有一个共性的缺陷——并不能对每一个人有效。

断断续续的治疗中，伴随的是乡村民间的巫术、偏方。二叔从起初的抵触到不吱声接受，态度转变很快，这是他无可奈何的唯一办法。二妈仍旧在夜里大汗淋漓地叫喊，有人趁黑来捉了她去。二叔也渐生幻觉，仿佛暗处真躲有偷袭者。小姨登门求了钟大仙，以及后来几拨被请来施法的能人，都讳莫如深地摇着头："妖孽太盛，没法降伏。"有一个神乎其神的江湖游士收了大红包后斗胆尝试，结果第二天在自己家里被酒精烧伤。这被"追究"为法力尚浅的他恣意妄为，得罪了藏在二妈身体里的魔障。"你看，你看看！"乡邻们咂着舌，把不可思议丢在一阵风中。而不信其无、宁信其有的小姨更加上纲上线，翻找二叔家的陈年烂账，控诉抨击这个不能保护自家女人的男人的懦弱无能。

我曾无数次想象二妈是如何度过患病后的许多个夜晚的。也许从她躺在门板床上，看着窗外的光亮渐渐熄灭，等待着夜色缓缓升起的那一天开始，就注定走上一条不可能回头的路。那些夜晚如雨后笋尖争相冒出的寂静里，充满了庞大笨重的忍耐与孤独。那些翻滚的孤独，无法丈量出距离，但它与死亡的距离是最近的。太难挨了，二妈终没能坚持下来，为了逃脱被捉去的噩梦，做出了一个极端的选择。国庆节过去不久的一天午后，她支开二叔去镇上买一些家用品。二叔出门前还再三叮嘱，说很快就会回来。也许，他在那一段隐隐萌生过一些不祥预感，又疏忽了这些从心尖上跑过的感觉。送走丈夫，二妈像魅影般地走进过去堆放棉花的贮藏间，把自己的生命结束在一根二十多年前和丈夫亲手架起的木梁上。

这个被我视为母亲一样的女人，也许很早前就像济慈在《夜莺》中写的那样，"似乎已迷恋上那个安逸的死亡"。据说她离开的时候，脸上没有往日的愁情怅绪。亲友的叙说，让我悲伤四溢，渴望知道更多关于她自杀的细节和最后情状，又不敢追问，只能在记忆的水波里眼巴巴地看着那张生动的脸荡漾消失。生活原本有更好的选择，至少有许多种活着方式的选择，不应该让任何人面临绝望又毁于绝望。二妈没有留下一句话，没有遏制住内心经常冒出的自我毁灭的冲动。她赴死的心可以有千百种阐释，唯独没有标准的一种。

世事多悲怆，生活中个体的悲伤仿若湿岩上的苔藓，发出鲜绿却沉重的光芒。人死不能复活，纷至沓来的遗憾总会有一段时间纠缠生者的内心。二妈的家人包括我在内的亲友，总埋怨在她活着的时候给予的关怀过于浅薄，对有过的愠怒流露恨意心生懊悔。但无情的时光不会谅解任何有过失的人和任何一种心灵的问责。

活着是荒谬的，生活处处充满谎言。这是抑郁症患者内心时常冒出的怪异念头，如同被称为哲学起点的"不可解释之物"，一波波冲击着岌岌溃危的心堤。医生朋友说，弗洛伊德的心理动力学理论归结，所有的心理问题都源于人们对情绪的压抑。情绪是无法通过压抑而消失的，反而是潜在地聚集起来，最终因无法宣泄而导致整个心理系统的紊乱，结果必然是各种精神疾病的出现。各种情绪的交集导致的这种典型心理问题纠结着世界上百分之十六的人群。面对常常为人叹息和不可理喻的精神疾障，一旦真实地发生在我们身边时，兵荒马乱般的失措感就会涨潮，一浪高过一浪向人群拍打过来。也许，某一天剩余的我们都会轮渡到这支被正常人看成荒谬的队伍之中。

从脑科医院接二妈回家的那天，我赶去了。清晰地记得从一条长长的斜坡走下去，经过一扇侧门，是通往热闹街市的一条近道。这条离开的"捷径"上，看不见一个人影，喧闹之声突然在这里消遁。我跟在步履缓慢的二妈身后，鞋底贴着地面，时间在这种缓慢的行走中仿佛停止。她不时扭头回望，却看不见一个人影。来到这里的人们，相同的命运，而哪一个又不是有着不同的故事人生呢？我的目光一次次触礁般碰到二妈依然冷漠的脸（医生无奈的表情写着，只能是这样，已经是最好的结果了），迅疾被冰冷地弹回，我被摇荡的无力感击中。二妈此时像极了茫茫大海中的一座孤岛，孤岛时刻会被海水掀起的巨浪淹没。十七世纪英国玄学派诗人约翰·邓恩的诗句从冷记忆里点燃：没有人是一座孤岛，/在大海里独踞，/每个人都像一块小小的泥土，/连接成整个陆地。

来或去

来处

"你从哪里来的？"

"我……大概是别的地方。"

"你从哪里来的？"

他的面目模糊，长着白癜点的黑眼珠突然空翻，走到我身边时这么问道。他第二次陡然在"来"字上加重语气，我像是来历不明的人，无端地心惊肉跳起来。

我醒来时，才发现天色还在黑暗之中。我长久失眠，偶然撞入的梦乡是一片荒野、一条灰头扑脸的公路、一间灰头扑脸的土屋，我孤独地站在土屋的前方，瞻望公路上的空阔。他不再问我的话，而是转身钻进黑洞般的屋里，再没有出来。在明艳清新的天空下，仿佛有叛军杀入，是沤馊的异味，从他身上和土屋里跑过来的。

很熟悉的场景，那必定是我去过的地方，我拼命地从大脑记忆库中搜寻。但它显然已经在时空上离我远去。沮丧连日来跟随这个梦，把我推向"土屋"摇摇欲坠的墙壁。当再一次被推向斑驳的土壁时，我依托惯性孩子气地撞上去，土墙瞬间坍裂，砸在地上，棵棵青草弯折匍地。我的心感到了剜了个缺缝般的疼，我想起来了，那是真实的疼。

十多年前，我去往家乡的东山镇看望一位农村诗人。当地的朋友在饭桌上说起被称作老包的他，说起他那些不可理喻的奇谈逸事，我们几个刚闹着酒的外来者就嚷嚷着要去看看。从松木桥左拐上的那条公路，直插进向山谷绵延、绿意泛滥的田野，就变得格外狭窄和破旧。公路掺杂着一段段的平坦和弯绕，酒精在我们的胃里加速燃烧。车轮下扑腾起灰尘和细石，掠过路旁的沟堑，把野地里的蚂蚱和麻雀惊飞。车就这么一路奔驰，像是开进一片无边无际的荒芜里。

叫老包的农村诗人并不知道我们何时到来，但我在朋友的提醒下，一眼就看到了坐落在那条公路旁的土屋前的他。我看到他从一个一动不动的小黑点，变成身材矮小的瘦弱男子，肤色蜡黄，皱纹折叠，衣领袖口浓墨重彩。我望了一眼同行的省城来的衣冠楚楚的胖诗人，皮肤白净，戴着眼镜，嘴角油光浮泛。老包就是一只逃离饥荒刚钻出地面的土鼹鼠。

有熟络的人跟老包打招呼，一一介绍跳下车的我们，他无动于衷，目光在陌生者的脸上跳动，表情跟土屋的颜色是一个调色板上的，板结、凝固。我们这群外来者，也不见外，自己张罗着自己，然后像掂量着这块地皮生意，绕着屋子转圈。胖诗人转了好几个圈，走姿像跳舞。老包突然撞向前，跟他说了几句话，胖诗人讪笑的声音越来越小，然后机巧地转身躲到我身边。老包跟过来，像根细木桩般杵到我面前，长着白癜点的黑眼珠突然空翻，问道："你从哪里来的？"我承认，那一刻，我是真的慌乱了，双手无措地折叠着刚从野地里拔起的一根狗尾巴草茎，回答："我……大概是别的地方。"这样的答案当然是不会令人满意的。老包咄咄逼人地再次问："你从哪里来的？"这时，当地的朋友把他连拖带抱地推进了土屋里。

再次走出来的瘦小的老包，腿有残疾的老包，把订阅多年、已经纸页发黄的《诗刊》杂志和他写在一张张脏兮兮纸上的诗歌，从漆黑脏破的土屋里搬出来。这些纸页一见到阳光，页脚就瑟缩着发抖，页面上更加黯淡。它们喜欢跟老包在黑暗中密谋者般对话，太阳照着，它们已不习惯睁开眼睛。当地朋友说，老包常常困在家中不出来，跟纸和笔说话，跟一行行所谓的诗歌说话，却不跟登门的人说话，四周八围的人都认定他已经疯了。

土屋的门实在是矮，登门的人没有谁不是要把头低下才能进去。我们轮流进去参观，屋里很黑，也很逼仄。我眯缝着眼，等待视线适应后才看清，经年累月堆积的油烟和尘垢，多久不曾换洗的被褥衣物，散发出沤溲发臭的气味。老包无所谓、不在乎的样子，让对气味敏感的我无法对在此般屋檐下生活的他怀有好感。胖诗人吐了吐舌头说："他也许不需要任何人的好感。"我说："是啊，有诗歌和远方的人，都是自恋狂。"

屋的西墙破了个洞，用一张旧挂历纸糊着，风不时地把印在上面的美女的衣裙吹起。一根照明线在头顶摇荡，屋外的人说，这电灯线只是摆设，老包没钱，怕缴电费，自己把线剪断了。怎么不干脆把和世界的联系一齐剪断，诗人是可以这么做的，我心里蹿起一个声音作答。

有人在一旁调侃："老包啊你这么脏，老包啊你这么穷。"

又有人绕到他身旁，"你背一首诗我喊你老包，背不出来你就是草包。"

他像没听见，进进出出，照料着他那些旧杂志、破书籍"宝贝"，也许还有永远不会被发表、被朗诵的诗作。这个家徒四壁的人疯了，这个疯了人在写诗。他是疯了才写诗，也是写诗后变疯的。我突然觉得朋友的笑谈很滑稽。滑稽者怎么可以肆无忌惮地取笑那些沉默的滑稽者呢？

土屋前突然安静下来，沉默的老包让人觉得无趣。同行的人纷纷散开，滑去有段距离的村子，帮老包讨取些用物。老包像只刚刚熟悉环境的鼹鼠，身处安静之中，紧张感慢慢消散。当地朋友拈出一页纸，指给我看老包因为孤寂写的一首《没有鸟的林子》。

一座空山 / 我走进没有鸟的林子 / 树叶上喧闹着阳光 / 时间是一座停下的钟 / 柴草满山山在枯黄 / 木屋旁竖着两只耳朵 / 尾随在主人左右 / 砍倒的木料堆积着财富 / 对面坡上一只小兔 / 倒在猎人的枪口 / 我相信它们会玩一场死亡的游戏

我说："写得很好，真是老包写的吗？"老包不知何时站到了我身旁，看我读完，果断地将那页纸抽回去夹进手稿中。他摇晃着脑袋，头发在空气中摩擦出窸窣的声响。朋友说，那些村民讲老包胡说八道，写的不是现实，哪里有没鸟的林子，哪里有没鸟的山？

我的目光挪向老包，不要和不懂诗的人计较。"老包，你为什么要这么写？"

老包斜我一眼："我写的就是我的现实。"

老包的现实是什么？我想，他孤身独居，一个人上山去砍柴，

141

感觉那是一座空山。即使那天是阳光灿烂的日子，有树叶托着流动的阳光，光沉甸甸地落在树叶上，但山里还是很寂寞的。

一个中年村民脖红耳赤地挑着担水，放进了土屋的黑暗处，然后拍打起阳光下的尘灰。他是村里唯一把老包认作诗人的人，也只有他会闲下来串串老包的门。他说，大家笑他是过得太空虚，想找个老伴儿一起上山砍柴。人家的调侃，老包当没听见。别人的闲言，像风把落叶扫拢那样传到老包的耳朵里。他从不去当面反驳，却会跟来串门的村民针尖对麦芒般掰扯那些错话。

没有人说错话，没有女人愿意嫁给一个又穷又老的疯诗人。

老包从来没在众人面前絮叨他的陈年旧事。他的过去，从认识他的人、与他交谈过的人的嘴里传来传去，就像一条条小溪流，从山谷里蜿蜒流出，编织出一块发光的水面，而每个人似乎都可以拍击起水面的浪花。三十年前，老包也是有家有室的人，但怕穷的老婆突然就带着一双儿女远离僻壤，再也没有回来。这场失败的婚姻，缘起、结束于他不可治愈的腿病。更早之前，他生了场怪病，辍学归家，四处求治，几年下来好不容易找了个山里的中医治好了，还被人点拨去上门学了裁缝，手脚灵巧、头脑聪慧的他很快获得师父的垂爱，让他做了上门女婿。几年后病情复发，且越治越糟、越治越穷。这是一个乡村诗人的前半生。独身的他突然在某一天开始从脑子里蹦出一些句子，他认为那是诗，他的乡亲们却是当作荒谬的笑话。开始写诗的老包，把好心人给的米和油卖到乡村小餐馆里，把儿子偷偷寄回来的钱，都拿去买了纸和笔、邮票和远方。他梦想着诗歌发表、诗集出版，乡亲们茶余饭后在心里嘲笑，这是把生活搞得一团糟的荒谬梦想。

荒谬把老包和这个世界联系在一起，并不是某个编辑发现他，而是一个路过的当地记者把老包的"荒谬"从土屋搬到了太阳底下。老包的荒谬生活引来门庭车马，这些车马离去之后，老包像水面浪纹一圈圈地往外漾开：

"前不久，我决定绕道东山镇去看那间熟悉的土屋，只见门敞开着，大门外喊了几声，谁知诗人脆弱的声音送不出房门。跨进里屋，终于见到活着的他。还是那张又瘦又黄的脸庞和一头乱糟糟的灰白发，也许身上的破棉袄早已挡不住袭人的寒风，扶在椅子上的手在明显地颤抖。环视土屋，紧靠床边的后墙还是三年前连牛也能钻进来的大窟窿，伸手抄进米缸，米粒少得能够数出来。

"六十多的老人，身边一直没有亲人，身子又因风湿几乎瘫了一条腿，手也不方便，没人保证衣食，且身无分文，患了病怎么着……

"嗜诗如命的诗人还能在诗国的疆界跋涉吗，我在布满蛛网的土屋中搜索着，显然，诗人没有因病、因穷停止吟唱，一本《诗刊》合订本底下又发现了他的《增补"土屋手记"》手稿，是用一个作废的备课本装订的。"

那天老包一瘸一瘸地走来走去，他的小腿肌肉萎缩多年，这个疾病让他几乎失去了一个人的正常生活，学业、家庭、亲情，却在陷入困顿中爱上诗歌。除了老包，谁会选择这样的爱。挑水的村民讲起一则旧闻，有人残忍地笑了，我却似乎听到老包的血管爆裂的声音。一天，老包走到东山镇的街市上，迎面一个女人指着他对别人说："这个人还在！"

他们，是不是以为他早死了？或者是这样一个荒谬的人应该死了？我无从猜度老包当时的心情，但他用文字记录了：我是活着，但谁曾有过一番评述我活着的内情呢？算了，就让诗来为我发言吧！他这样在粗糙的纸的洁白处写下一首《我死了，但我还活着》：

我吃的饭没有／盐呢？／油呢？／还有烧柴！／也就是没有一个"饱"字／只有"饥"／／我穿的衣没有／被呢？／鞋呢？／还有袜子啊！／也就是没有一个"温"字／只有"寒"／／"温""饱"二字／是作为人最起码的要素／而我没有具备／这么说我已经死了／但我还活着／啊，死了的原来是我的肉体／我诗的生命还活着／我看见人们正在搬运我的尸骨／在我六十个春天还没到来的时候／就为我挖掘好了坟墓。

荒谬的老包只是感到他无可挽回的无辜。

前不久在北京搭乘 13 号线地铁，我和一位编辑朋友聊到老包，他说见过很多像老包这样的人，有着文学禀赋或热情却无法正常写作与生活的人。他告诉我，有位叫迈克尔·费茨杰拉德的教授曾把一小类人群划归为艾斯伯格症候群，这个群体里的人拥有超常的艺术创造力和超常的数学天赋。贝多芬、莫扎特、安徒生、康德等音乐家、作家和哲学家都属于艾斯伯格症候群，而爱因斯坦和其他一些工程学天才也被认为是这种病症的受害者。费茨杰拉德说，导致这种病症的某些遗传因子同样也是他们非凡的创造性才智的来源。这就是人们常说的，疯子与天才只是一步之遥。那老包是疯子，还是天才？当时地铁途经回龙观站，朋友说出站不远的回龙观医院就是北京有名的精神病专科医院。我苦笑一声，地铁再次疾驶刮起的风，把我的笑吹到黑暗的隧道里，被下一趟地铁碾成碎屑。

我从那个既怪异又真实的梦中醒来，回忆起了我去看老包的那年，有人说他刚过六十四岁生日。大家都向他表示了生日的祝福。他说，你们都记错了，他没有生日。这一晃又过了十几个春秋了。

我拨开家乡朋友的微信，问："写诗的老包，还在吗？"朋友隔了很久才回答："死了好些年了。"他又帮我问了几个人，大家竟然都不知道老包到底是怎样死的、死去的具体日期。我们都把写诗的老包忘记了，也许那些去看过他的人，一转身离开就被他忘记。我费力从成堆的旧书中翻捡出那本地方文学内刊，是做的一期老包诗歌专辑，遴选了他自一九九〇年至二〇〇〇年十年间写下的一百二十首诗。我翻开其中一页，写的是老包家住在大山脚下一个叫探弯子的地方，村庄隐身在两座矮山背后，只住一户姓包的人家。老包这样讲述他的来处：

春风一吹，弯子里满是李花、梨花、桃花／花中掩映着一座青砖瓦屋／还春雪一样藏在我的记忆里／／目寻探弯子，就在我的前面不远／想走进探弯子里，／可一生啊，要走过多少坎坷方能抵达／再想那儿时的旧梦／时光的迷雾啊重重叠叠／想走近那山坡的小路上／可我又更加靠近了黑暗。

那是怎样的黑暗，让老包更加靠近。他看见的又是一个怎样的世界？燃烧的又是冰冷的，透明的又是遮蔽的，一切是可能的又是无能的。他在那个世界里独自生活，从中掘取赖以存活的力量，以此去拿到一个毫无慰藉的人执着生活的证明。我还在后来诸多夜晚接踵而来的失眠中纠结扭打，他是否还难以释怀他离开的这个世界，是他曾用他的全部意识和对无拘无束生活的要求来对抗的世界，抑或只是通向日常生活的一条道路。

145

他，他们；我，我们，都要从这条道路上走过。

"你从哪里来的？"我看着镜子里的我，自言自语地说，我还欠老包一个回答。

去处

"我们到底要去哪里？"

"你好好想想，地址有没有弄错？"

到这座陌生的大城市不到半天时间，这些问题我已经问了他不下十遍，但我的声音被城市里炙热的车流、粗嗓门的方言和刺耳的叫卖声咬噬着，嘴一张开，声音就变得无比脆弱。风一碰就散了骨架。

他是我最要好的同学，那一年，我们十五岁，倚着溪流奔向江河的胆量，碰到五月的假期，决定来次说走就走的旅行。第一次结伴出行，那要去一个大地方，一个可见世面的地方。谈到去处，他说有个姑妈在那里，是一家大厂的小干部，有房，每年写信都会邀请他去做客。他清楚地记得那个地址，对那个即将的去处信心百倍。

我们都是小镇上长大的孩子，那个大地方在脑海中其实是空洞的，像风孤独地刮过那些空荡荡的房间，像屏幕上闪映的很多画面终被一片撕裂取代。一个记在他心中的地址和他的百倍信心祛除了我那摇荡的胆怯。做完这个决定，我们击掌庆祝，但我的手心还是出现了汗潮，也许是紧张感尚未及时跑出我的身体。

那座城市傍着长江，从我们所在城市的火车站出发，两百多公里，这是个不太远的距离。绿皮火车，轰隆轰隆，车速不快，停靠很多名字好听的小站，四个小时就到了。掺杂在人流中走出车站，经一个戴袖章的大嫂指点，我们挤上了去钢铁厂的公交车。虽说临近中午，但我们对出站口招徕生意的餐馆老板视而不见，身处陌生之地的兴奋和即将前往的去处能抵抗腹中饥饿。钢铁厂是姑妈的工作单位，她就住在厂里，一打听就能问到，她是那里的干部，那里的人互相都认识。他是这么与我描述的，我赞同这一说法。小镇上的家家户户几乎没有谁不认识谁的。

公交车是有三节车厢的那种，嘎吱一声，就塞满了人。连接处摇摇晃晃，乘客也一起摇晃，跑一段路，车门打开筛掉几个，车厢内的空间终于松动了一些，我的脚还在踮着，凶猛的窒息感终于被人群中撕开的缝隙所稀释。这座城市以它的拥挤迎接我们的到来，这个见面礼让我有浪涌的晕眩。

车子不停地拐弯，从很多的楼群和林荫道中穿过，像条硕大的抹香鲸在深海游弋。除了特别宽阔的街面，好像到处林立着树，是那种粗壮的高大梧桐，挂着严肃的表情，地上飘落着宽大的叶子，青里带黄，一片叠着一片。城市比我想象中要庞大得多，折扇似的街路和差异甚微的林荫道让我想起了迷宫，不断地折返，永远也走不出去。我们不会迷路吧？话一出口，他白了我一眼，我就意识到这是个不好的预感。呸呸呸，乌鸦嘴。我嘲弄自己。

立夏节气刚过，城里的人就换上了短袖，热浪不显山露水，暗中烘烤着街面上的每一个人。那条穿过城市的江，水面如镜，没有一点儿浪波。风被江吃进肚里，连个屁也没屙出来。街边一个老头儿牢骚满腹。没有风，我们很快就领教了"火气"带来的伤害。我们接连走近几个本地路人，小心礼貌地打听钢铁厂的去处。听到的回答，语速像机关枪一般扫射，也不管问路者是否明白话中之意，人就转身而去。你爱信不信。就是这样的误导，我们被引向了一个南辕北辙的地方。毫无疑问，这般折腾，让初来乍到的我们变得无比恓惶。面恶声劣，这也是我后来对那座城市的人没法抱有好感的原因所在。

"我们到底要去哪里？"

"你好好想想，地址有没有弄错？"

问急了，他不再吭声，保持沉默，闷着头向有路牌的地方张望。从一开始，那就是个模糊的地址，来自他父亲的嘴里，地址的主人是个女人，被他称作姑妈的人。她们还是在他读小学一年级时见过记忆浅薄的一面，而一个地址在十年里也有多次改变的可能。他的眼神变得惆怅，失去了原来的清澈。我对他的沉默有些怨怒，倒宁可他继续咬定不会连一个地址也记不清楚。他抱着他的自信心硬邦邦地摔在面前，歪瓜裂枣撒落一地，我已不情愿去扶他一把。这时候我们已经在街上游荡了好几个小时，饥肠辘辘，却赌气不肯找个地方充饥解乏。我们先后找到的是钢铁厂的旧址和它的一个锁着铁门的分部，还有两家查无此人的小钢厂，与我们要去的地方要找的人毫无关联。

在江北！有个路人言之凿凿地说。我们还想找他确认，他已疾行而去。真是憋屈。要知道，我们刚从江北过来，又要杀回去。去一个没有敌人的战场寻找敌人，没有哪一位急于立功的战士愿意听从这样的指挥。我们索性坐在路边的街沿石上，顾盼四周，有的路人目光警惕地注视，像挥着一把寒光宝剑横扫过来，我们赶紧虚乱地躲开。

他开始跟我讲那个模糊的地址，春节前跟着一枚生肖邮票还来到过他的家中。他把信封粘着邮票的一角剪下来，泡在水里，半小时后，就完好地剥落下来。说到地址的主人，他是这么说的："姑妈一直没有结婚，爸妈每次写信都会劝她不要执拗，还是要找个人照顾。"我四肢乏力地靠着梧桐树，耳道短暂鸣响，他那些低沉的话语不走心地飘离。我想当然地以为姑妈还是个年轻的女人，一个没结婚的女人就应该很年轻，正在为个人事业忙碌，而她爸妈不过被"一个女人要趁着好年华嫁出去"的观念束缚着。后来，在面对那位五十岁的老姑娘时，我完全震惊了。她的皮肤那么白净，脸上的褶子熨熨帖帖，像梳过的头发上涂抹了凡士林，是光滑的那种。她拧着眉头和舒展着笑起来的时候，这些皮肤里藏着的褶子才像春天萌发的芽苗，迎着风就起舞。那些平坦的光波不见了，还有那在鬓角匍匐的白发，全都任性地招摇起来。

　　夜幕潦草逼近，江风没有踪影，热浪依然魑魅魍魉般尾随。他和我商量，语气里充满歉意，万一今天找不到姑妈，下一步去处当如何选择。这是我们最初都没考虑过的严峻问题。在惊慌的盘算中，一辆路过的公交车带来了答案。车窗醒目的数字下标识着它驶向的终点——火车站。我们看到过在候车室过夜的人，完全可以效仿着将就一晚。我们为找到这个去处的答案而振奋。当火车站取代钢铁厂成为将要抵达的方向时，我们反倒变得轻松，心中跳动着随遇而安的愉悦。仿佛浓雾散去，那些视而不见的街店换上一张张生动的面孔。马路对面有一家日杂百货大卖场，还有服装店、小书店、饺子面馆、包子铺等。我们可以慢慢逛，沿着这条路，是公交车去往火车站的方向，我心中那些怯弱的荒芜杂草被再一次收割。

那个戴眼镜的当事男人，在我们穿过车流跨过马路走到卖场门口时，疯狂地大叫起来。卖唱的喇叭戛然而止，没有人看到店门口的一个货架是怎样塌垮的，但大家的目光都聚焦到了男人身上。老板撸袖站起，指手画脚地走过来。男人很瘦，眼睛往外凸起，在深度镜片的折射下，显得尤其奇异，活像蝶尾龙睛。那是金鱼中眼睛最突兀的一种，我刚从学校图书馆的鱼类画册中认识。龙睛眼男人先下手为强，一把揪住老板那衣领泛油的衬衫，向他大声质问，人到哪里去了。老板脸上满是疙瘩，像一块草地上的水洼子，太阳一照，惊起一片光斑。他的脾气也不小，被激怒的他扭着身体，腾出一只手，伸向了龙睛眼男的左肩，一下就扯住了他工服上的那颗银色纽扣的肩章。我听到有人说，他是钢铁厂的。

钢铁厂的？！我们的身体尖刃般插进人群，人群立刻就蜂拥合拢。事情原委是，龙睛眼男的老婆孩子在一个多小时前走进了百货卖场，这是整条街上最大最热闹的卖场，进去后，她们就再也没出来。母亲带着女儿悄无声息地消失了，不知去处。男人进去一趟又一趟，整张脸哆嗦，扭曲，躁狂，咆哮，时间滑行，人是真的不见了。

"这不是变魔术吧？"

"大白天的，哪能有这样的事发生？"

"太恐怖了。"

"你得回家找找，说不定已经在家做好晚饭等着呢。"

人群议论纷纷。龙睛眼男和老板相持不下，终归被人劝开，老板一脸苦大仇深，他不会玩这种无聊的把人变没的魔术。"卖场开着，要找去找，别泼皮撒赖。""你带着去，有秘道秘门，卖场肯定不正常，我就在外面待着，多看了街边摆的棋摊几眼。"可棋摊已经不见，龙睛眼男的话无从佐证。无聊，无赖，无趣。人群散去，龙睛眼男也不见了。不一会儿，两个警察来了，前面快步走着龙睛眼男，不时回头投去焦虑哀求催促的眼神，他只差没扇动翅膀飞起来。警察终于走到了卖场前，其中一个脸上长一颗指甲般大小的痦子，他习惯性两个指头捏搓那几根耸立的胡须，喝令着毕恭毕敬的老板问话。另一个小青年例行公事，在随身带来的记事本上写画个不停。他是个左撇子，右手垂下的时候，本子正好在我眼前展开。两个人偶的简笔画图案，大手牵小手，向一个大的圆环走去，圆环的下方，歪斜站着一个"？"。

问号的旁边写着两个字：

去处

警察问询完毕后驱散了围观的人群，把龙睛眼男带走，来了一辆闪着警灯的车，他们向城市的夜色深处奔驰而去。"他们是去钢铁厂的吧？"我遗憾地说。一只手向我的肩上搭过来，他用力地拍了拍，"走吧。"

那天晚上我们幸运地混进了候车室，但过了零点后才找到可以躺下的位置。假期出行的人很多，有列车晚点，就有旅客滞留。候车室里的嗡嗡声不曾间断，像轰炸机在上空盘旋不去。我突然冒出一个念头，看着那些背包的女人，被牵着的小女孩，我想那对在卖场消失的母女会不会神奇地出现在这里，然后踏上蹒跚而至的火车呼啸而去，去往一个让龙睛眼男永远找不到的地方。也许，她们满身血迹，尸横荒野，又或者早已回家，迷藏游戏已经结束。我带着胡乱的猜想进入臃肿杂乱的梦乡，偏生睡得很安生。

第二天早上出发，我们继续寻找，他想起了爸妈谈起那是城里最大的钢铁厂。"最大"这个关键词发挥了关键作用。后来我们走进的工厂果然像这座城市一样庞大，宽绰的门头上，彪形大汉般站着几个龙飞凤舞的大字，需要仰视，而远处是一片空旷的坪地，草绿疏朗，延伸到高耸的烟囱之下，还有成片的楼群，长长的林荫。骑着摩托巡逻的保安把我们截下，把两个脸色焦黄的少年盘问了好几遍，然后才由其中一位指向旧楼群中的一栋。这位保安恰巧认识姑妈，他对同事脱口而出，我们要找的就是他们眼中那个没有结婚的"怪女人"。怪女人住的是一栋筒子楼，楼梯间很宽，但光线很暗，走廊上摆着煤炉、碗柜、水桶和菜盆，早晨的烟火味道尚未散尽。正准备外出的姑妈面对我们时既意外又热情，她的屋子隔成了里中外三间，飘散着薄荷的清香。

听说我们昨天的遭遇后，姑妈说，这座像火炉一样的城市有大大小小几十家钢铁厂，有的一字之差却相距百里。我们咋舌不止，如果上帝捉弄，也许当我们绝望地放弃最后一个去处时，那才是我们真正寻找并要到达的地方。坐在这位老姑娘的房间里，我突然有些无名的忧伤。

姑妈决定中午带我们去厂里的小食堂接风洗尘。她带我们穿过的生活区排列着几十栋楼，每一栋长相十分相似。从北边生产区飘过来的炉灰，长年累月洒落，堆积成楼群外墙上的灰色污垢，有的雨水浸泡，长出一块块像张开翅膀的蝴蝶黑斑。漆色剥落的楼栋号许多就长在"蝴蝶"的眼睛上。姑妈在楼下让一个肥胖的女人叫住了，胖女人嘟着两片厚厚的嘴唇耳语，姑妈脸上的表情很不自然。我们看到一楼有个麻将屋，里面几桌大呼小叫的麻将。外面挤了一圈人，站在那里热烈地说着什么，房间里有人出掉一张牌，就伸出脑袋参与到外面的讨论中来。继而在人群中我们看到了一个熟悉的男人身影。那个男人之前埋着头，抬起眼刚好扫向我们这边，是那个可怜的龙睛眼男。他脸色冰冷寡黄，却没有了昨天的哀伤和暴躁。一个夜晚的打磨，那些急乱的情绪就奇迹般地消失了，像他的妻子女儿。他是真的把妻子女儿给丢了。围观的人似乎早就把这件事翻来覆去了多少遍。有人在同情叹息，也不排除有人幸灾乐祸。人们猜测母女俩的去处：

被绑架了？

（他们就一普通工人家庭，非官非富，无冤无仇，找不到绑架的理由。）

让人拐卖了？

（谁会拐一个成年人。）

遇害了？

（活要见人，死要见尸。什么都不见，有些说不过去。）

赶紧报警察去找呀？

（警察是你家亲戚？启动调查失踪的程序有多复杂你知道吗？失踪没过二十四小时去也白去，你得先自己找，然后上电视台、报纸登寻人启事。人家要是成心躲，你上哪里找去。）

一个声音蹦出来，就有另一个声音跳出来反驳。有时说话的双方不知不觉闹得面红耳赤。姑妈一直保持沉默，不时地伸长瘦细的脖子望向龙睛眼男，又看看我们。胖女人叽里咕噜，没完没了的架势，姑妈的耐心用尽的时候，就用力地推开了她，做了一个道歉的手势，然后招呼我们，拐个弯离开了。

餐桌上姑妈仍然保持沉默，当我们说起昨天卖场前的见闻时，她叹了口气说："那个女人肯定是带着孩子跑了，但她们跑不远。"我很好奇为什么肯定是跑不远，那失踪的母女只是一时冲动，开一个恶意的玩笑。姑妈是这么解释的，她认识那个不见了的女人，老家在贵州山坳里，孤儿，父母早亡，无亲无绊，山里太穷了，不知怎么流落到了这座城市，扫大街、捡垃圾，什么累活脏活都干过，嫁给一个中年丧偶的本地人，生了个女儿，经人介绍进了钢铁厂后勤服务中心，干过洗衣工、澡堂看管员，丈夫大前年死后，她又带着几岁的女儿改嫁给了工人龙睛眼男。他有些轻度的矽肺，身体走下坡路，三天两头请假治病，必然挣得少花销多，家里的日子不好过，不过他对她挺好的，对那个不是亲生的女儿也挺好的。姑妈像讲一个故事梗概般地描述了龙睛眼男一家，最后她说："她会去哪里呢？"

我一直记得姑妈说"她会去哪里"时的语气，有许多复杂的成分，像是人人皆知的一个必然，又像是面对一个不可理喻的错误。

我们的假期很短，当然等不及一个失踪之谜的答案揭晓。我们进出筒子楼，麻将屋里喧闹继续，却再没见过龙睛眼男。往后的生活在盘旋中会甩出许多的事情，令人目不暇接，也无力去穷追不舍。多年后，我做记者时与一位新认识的公安刑侦朋友聊过人口失踪的事。他很平淡地说，几乎每天我们身边都有人失踪，失踪的形式堪称千奇百怪，有的后来找到了，有的果真就再也没回来，有的是一个局，有的是永远的谜。

我和同学毕业后各自忙碌，从没回忆过十五岁时的这次远行。仿佛有过一次谈到他的那位姑妈，她一直单身，越来越孤单地活在那座慢慢颓废衰落的钢铁厂。这个事实我丝毫不觉意外，也没追问她为什么要给自己安置一个此般的人生去处。还有被尘封在记忆里的那对失踪的母女，她们又身在何处。那个母亲，像是一个没有去处的人偏去寻那个不存在的去处。如同风消逝于风，水溶解于水。我从未动念寻找答案，答案也早已不知去处。

芄野里

"这真是场荒谬的雨！"

人群中跌撞出一声喟叹。声音有些熟悉，当我扭头去找 Q 君时，他的背影在病区的走廊消失了。而他们，那些拥有相同表情的脸上，嘴并没张开。

雨声喧烈，我耳畔就一直盘旋着更尖细的嗡嗡嘤嘤，他们的嘴仍一直紧闭。如果不是这些病人的窃窃私语，那就是我的耳朵或眼睛出了故障。眼皮底下的声语，竟然找不到来源，或者我就是"荒谬"的。一走进双重防盗门隔离的病区，我就不由自主地感觉到模糊的"荒谬"气势汹汹地奔袭而来。

大雨也气势汹汹，就这样把我们阻隔在这座远郊的精神病医院里。说是远郊，却是大张旗鼓建起来的工业园，有城市气象，入眼的是一片片水泥森林、一条条水泥大道。这又与城市森林差异度大，空旷、萧索、清寂、门可罗雀。医院租赁安置在这里，真是对园区里随处可见"实干兴园""赶超发展"等正能量标语的极大讽刺。这几年，县级工业园的发展都是大干快上。像这样的内地县城唯一的资源禀赋就是土地，招不到实力雄厚的企业，着急拉升 GDP 的地方政府退而求其次，于是一些口若悬河、外表光鲜、别有企图的行游骗子、寓外乡友或本地老板以投资的名义趁虚而入。他们在早期通过各种社会关系进驻，玩起了"圈地运动"，盖上几栋空荡荡的厂房，砌起一溜高高的围墙，然后关门大吉，待价而沽。一排排围墙圈砌起来的院落，或大或小，有高有矮。墙内风景各异，有的荒草萋萋死寂沉沉；有的钢构厂房耸立，刷着"安全生产"四个蓝漆大字，半空中摇摆不定的几根细烟囱吐出滚滚浓烟；更多的是几栋空置建筑，又瘦又窄，倔强地矗立着，像几棵被驱逐出林子的树。

那些空阔的厂房，也像是患了病的人，荒废、冷清、忧郁、无语。

几只飞鸟悄立积着厚厚尘灰的窗棂上，你我瞻对，踩下几枚孤独的脚印。

医院"委身"于其中的一座院子。院子原来的设计已在一张纸上凋萎，也无人提及胎死腹中的蓝图，院长老张和几个合伙人买下它，稍施改造，厂房就隔成了病房。在医疗系统干了几十年的老张，拿出 A4 纸刷刷几分钟，空旷的区域就划分成挂了台电视机的活动室兼餐厅、治疗室、强制隔离室、急救室、若干三人间病房。它摇身变成了工业园里的异类。外观上看不出差别，如果不是事先打听清楚，很难有人会想到这是精神疾病专科医院。图纸上轰鸣的机器声，在这里变成晨间爆发的嚎叫、连绵不绝的哀哭、流离失所的泣诉。听说挂牌那天，很多当地和外地的病人像探亲一样地走进了这里。

穿过水泥森林往外走，阡陌式的水泥公路，伸向那些叫"远方"的地方。住在医院里的人，也都是从"远方"来的。老张摸准了病人家属"掩耳盗铃"的心理，他们既希望病人得到有效治疗，又不愿太过声张，最好就像是一趟出门远行。

我找过来的时候，还是大太阳天，走走停停，道路愈加发白刺眼，不见尽头，让人有置身沙漠、口渴难耐而升起的晕眩之感。工业园西边近山的那一侧，山势连绵，山影嵯峨，背阴处散乱幽明，但总归算得上是一丘丘禾田。禾田里的水稻长势从来都是颓废的，也许荒芜多年没结出过一颗稻谷。人们不太关注这些禾田的四季和收成，但都会顺着差强人意的山林，让目光爬上山顶。

山那边，我瞻望过好多次，却尚未去过。

Q君逮着我的目光，像是抓到我的心思，别了一下头，语气湿黏黏地说："山那边，还是山。"我望了一眼老张，从我来到这里，他一直脸挂很浅的微笑，与他们有着区别的微笑。我也尴尬地抽搐一下，朝他眼睛的"篮筐"里投球般投去笑容。

从卫生局长到精神病院院长，年过花甲的老张选择创业事出有因，在这个五十多万人口的县，精神病患者有三四千人之多。到省卫生厅的一次工作汇报中，老张得知允许办民营性质的精神病院，且当地政府有财政资金配套支持。他一吆喝，几个股东信心满满地加入，有了启动资金，一支专业医护队伍也很快组建起来。老张从股东们的口袋里掏出了七十多万元，可政府该配套的钱尚未到账，还只是在政府常务会议桌上滚过一次。"要钱不容易呀，不在领导的眼皮底下滚几个来回，你莫痴想。"深谙政府那一套运作模式的老张知道急也没办法。三十多名医务人员的工资开销，场地的日常费用，对单纯的民营医院来说，都不是一笔小数字，能否把医院坚持办下去，我感觉这还是个问号。言谈中，我能触摸到老张心中的那些焦虑。一点一点凝固积聚的焦虑，也曾经在他的每一位病人的身体里出现过。

"一百七十八位病人，男性九十七人，女性八十一人，年纪最小的十二岁，最大的八十多岁，一旦发病，终生服药，复发率高。"我同老张闲聊病人的基本情况，他对数字格外敏感，病人的收治数经常发生变化，医院规模决定了收治病人不能超过两百，他们一般都劝那些有条件、病情轻的在家里服药治疗。关于病因，老张早就做了调查归纳，多数病人患病前比较聪明，追查患病之因，爱情婚姻失败占百分之四十，读书压力过大占百分之三十，其他社会因素占百分之三十。常见的患者都有幻听幻觉、抑郁、精神分裂等症状，最严重的视物变性，这可以导致杀人。谈到精神病患者杀人，老张一再强调他不是危言耸听，前两年县里就出现过这种情况，一个有精神病的青年男子误杀了邻家女孩，现在还羁押在市康复医院，法律上治不了罪。

酒精中毒性、精神合并癫痫、感染性、精神发育迟滞、脑器质性、颅脑外伤所致、老年期痴呆伴有急性精神混乱状态……趁老张接电话，我扫视一遍他办公桌玻璃台板下压着的一张小便笺，上面密密麻麻地抄写着这些复杂多变的病理名称，在当前医学诊断上，精神病种类细分达二十六种之多。我细声念诵这些字眼，仿佛面对一张张表情怪异荒诞的脸。

我从医院门口的小卖店里带进来了两大袋烟、槟榔、饼干、花生等零食，老张说病人都很欢迎这样的"福利"。打开两道防盗门，一条直走廊，两旁就是病人的集体宿舍，每间房根据面积大小，安排了四至六名病人居住，一间教室大小的房子是活动室兼饭堂，一间特护室里不锈钢管隔离出四个小单间。下午多数病人闲得无事，在走廊或房间里走来走去。老张走在前面，病人对他毕恭毕敬、木讷庄重，像部队里士兵见到首长。面对陌生的我，有的病人不屑一顾，有的流露出紧张和防范的神情。老张不停地安慰，这是关心你们的好人，来看你们的。吃了院长的"定心丸"，见有吃食散发，病人热闹地围拢来，但到了跟前又很有秩序地各取所需。这一点让我有些吃惊。他们每人取一样，没有谁多拿多占，有的还很礼貌地道一声谢谢。一个小伙子拿到食物，盯着我问道："你是火星来的吗？"然后诡秘地一笑转身离开，我被他的话逗乐了。

打开走廊的另一道门，是女病区。男女病区结构设置大体相同，但明显感觉到，女病区里弥漫着一种说不明白的气味，滞重、壅塞、沉闷。与现实生活恰恰相反，女病人不爱干净，加上女性的生理周期，卫生状况明显不如男病区好。女病人对我们的到来，没有表示出太多欢迎的热度，对吃食兴趣也不浓。一个个头发蓬乱的女人，眼睛很警惕地望着微笑的我们。一团团迷惑的泡沫顺流漂来，我的乡下二妈，曾经因抑郁而自杀的女人，她的脸庞浮现面前，仿佛她也藏身于这群受难的女子之中。心底的绞痛，像墙角渗出的水无声且疾速爬上来，而老张关于"生存是场悲剧，必须学会忘记，与那些痛苦沮丧的时刻保持距离"的警告此刻被抛之脑后。

一个皮肤黝黑的男子，穿着蓝条纹服，一直尾随老张这位"最高长官"，表达他那笨拙的阿谀之意。他嘿嘿地向我们走近，送来生硬的笑脸。他用力搓着粗糙的双手，盯着发剩下的半包烟。老张故意装聋作哑，迟迟不把烟递给他。烟终于递过去了，他姿势标准地鞠了个躬，拿到烟就悄无声息地从我们眼前走开了。

我们走进公共活动室，挂在墙上的电视是唯一的娱乐设施。一些人目光痴痴地望着电视，有的则散漫地转悠着，坐下来，又站起来。来到这里的人，平等相待、和睦相处，没有外面世界里经常遭遇的歧视不公、辱骂殴打，这是否能让他们获得心灵上温暖的慰藉，不再害怕被这个世界抛弃。Q君站在窗户下，外面天光黯淡，雨声收小，他的脸侧面向上，眉头微皱，我在瞅见的那一刻看到了溢出来的忧郁和迷离。

我小心地与他打招呼："看什么？"

他淡淡地说："世间的裂痕。"

我一下没回过神来，又追问道："什么？"

他这次回答的却是嘿嘿的笑，很生硬。他抬起夹在指缝间的烟猛抽一口，良久，从鼻孔里潇洒地吐出一个、两个、三个烟圈。烟圈扭动腰肢跑远，他的神色一变，笑的样子很开心，一点儿都不像是个有病的人。做这一切的时候，他还是望着天空中飘舞的无边无际的雨丝。收回爬到窗外的目光，他朝前方努了努嘴。我转身看到那个蓝竖条纹男子正敞开衣服，露出鼓鼓的肚皮，跟着电视机里央视综艺频道的流行音乐，走起了T台模特秀。他滑稽的表情、蹩脚的猫步，配以幅度很夸张的挺胸、收腹、甩头、摆手、扭臀，我们都报以热烈的掌声。男子盯着"舞台下"的观众，余光则瞟着我手中的相机，不时甩臂指过来，摆出一些定型姿势。细微的咔嚓声飘进他的耳朵里，那是此刻能让他心情非常愉悦的声音。

这是群有精神疾病的人？

谁知你我，又来自哪里？

是或不是，这两种回答也许在这里都是行不通的。我穿行其间，愈加惶惑。他们拖着身体的"躯壳"，精神却早已游弋在外。多少个世纪以来，宗教、哲学和医学都在寻求解释人类精神疾病不断这一问题，却毫无定论。人的绝大多数情绪都是负面的，负面的情绪又都是极其个人化的。有一次与人讨论，说写作不就是一件极其个人化的事情吗？照福柯的理论，在一个规训制度中，儿童比成年人更个人化，病人比健康人更个人化，疯子和罪犯比正常人和守法者更个人化。这让我想到电影《鹅毛笔》中的萨德侯爵，写作淫秽小说在市井坊间流传甚广，因此被愤怒的统治阶级投入疯人院。他在疯人院里以最个人化的方式享受着写作带给他也带给读者的快乐。在外人看来，他的疯狂像一支锋利的长矛，是对拿破仑统治时期的法国，对复辟的封建君王制度，对束缚每一个人的封建礼教的刺破。最终，他的"长矛"被收缴，他从绞刑架下离开这个悲摧的世界。而极具嘲讽意味的是，那位统治阶级的"代言人"医生，表面上处处维护礼教和秩序，背地里却自私、淫荡和虚伪不堪，当看到萨德的书成为流行读物后，他的大脑"绽裂"，开始组织病人印刷出版牟取暴利……

Q君转身走了，他大方地走到 19 号病床旁，向后转，抬腿，侧身，硬邦邦地躺下来。我真是担心他闪了腰，他却大大咧咧，执意要我上前看望他的表演。过去他身材偏瘦，热天裸着上身喝酒时，肋骨根根清晰可触，而今他明显发福，并不是人到中年的败局。老张低声说："常年吃药的结果，药里面有激素。"我问："无激素的药有没有？"老张翕动翕动鼻子，在"有"或"没有"的答案里跳来跳去，颇费了些时间后摇了摇头。

掀开病服，Q君鼓胀起的肚皮上居然画了一双红眼黑眉，颜色淡了些，但轮廓惹人发笑。他运气丹田，把肚皮这张脸拉成一面圆鼓，又憋足气，把脸拉长，随着他肢体打出的节拍，"眉"和"眼"一蹦一跳，肚脐眼打扮成的"嘴"一开一合。不知他何时学会了这一招，他的表演像模像样。Q君就有了两张脸，平时给人看见的那张脸是表情冷漠的，另一张藏在衣服之下的"肚皮脸"却喜怒哀乐，情绪茂盛。或者是，他让肚子成了一面哈哈镜，把他们这群观者的脸，照成他们想要的夸张模样。

听说Q君在表演，他的病友们呼啦之间一拥而至，把病房围了个水泄不通。我扫视一圈，像看到花果林里簇在一根根枝上的数个花苞。哈哈大笑者，木讷者，故作惊奇者，苦大仇深者……众生相琳琅，唯有Q君不动声色。每一具身体上浓重的汗味也悄然绽放，我缩了缩鼻子，赶紧往外吐纳。人群中没有人在意我的抽身离开，就像大家也没在意这场荒谬的雨是何时到来的。

雨声大作，没有人伸头去窗外探望天气的遽变。一大群人从活动室挤进了Q君的病房，活动室和走廊显得空荡，几个袖手无事的病人走来走去，眼睛直盯着虚无的前方。但老张说，幻视的病人，盯一个地方时间长了，能看到常人想象不到的景象。我突然有些嫉妒，整天能看到不同的景象，想看什么顺着一个念头就看到了，这不是一种奇妙的生活吗？老张像洞察我的心事，立即补充道："你不知道他们的痛苦，是那种每时每刻都要搏斗的痛苦。"是"看见"闯的祸和罪过？

观看的秩序是井然的。他们鸦雀无声，唯有眼神交流各自心声。我诧异于这种秩序，是老张这位精悍的院长训练出来的，还是那些有激素的药物使然。例外的是，一个瘦骨伶仃的青年跳将出来，一本正经地绕着观者的内圈，俨然他是这秩序的维护者。他腰板笔直，面颊两侧爆出几颗红得发紫的青春痘，竹竿般的细长腿踱出的方步歪歪斜斜，一只手在他的同伴面前挥舞，但没有人搭理他。他像空气，他在他们面前就是空气。老张站立人群中央，嘴角的笑，显得僵硬，像一位严苛的父亲看着自己的孩子。我早已暗中注意到，他们也都真像孩子似的，在老张这位"父亲"面前讨好表现。他们希冀得到某种奖励，也许这奖励只是老张的一个微笑、一个温柔的眼神。

青年走动的时候身体是歪斜的，左膝像是身体拄着一根不属于自己的棍子。我原先以为"歪斜"作怪是他的幽默，后来才察觉出他的异样。老张熟悉每一个"孩子"的来历——青年高中未毕业入伍边境武警部队，某一天突然从三楼飞身而下，他要摔死给他的战友看。性情上的孤僻不合总让他质疑战友的严肃与玩笑，从口角、殴斗，最终激化为自杀。部队后来把多处骨折尤其是左膝粉碎性骨折的他送回农村，给了一笔丰厚的退伍金，声称他的精神状态已不适合留在部队。素来寡言的青年更加沉默，他的母亲耻于承认，逢人便说，是部队的战友欺负他，把他逼出了精神问题。人生一旦破了窟窿，就再也回不到原貌了。老张这么说，并做出个手势，似乎要把空气戳个窟窿。青年和我的朋友Q君都成了老张医院的常客，在不同数字的床位之间玩着身份交换游戏，但几乎没有说过一句话。

"连死的勇气都有，一个人还需要跟这世界说什么呢？"

这是 Q 君跟我们喝酒时说过的一句话。那时我们年轻，他是能饮者，一喝多，就成了哲学家。我们喝了酒总有奇谈谬论，或唏嘘人间悲剧。有一回 Q 君说起镇上刚死去的一个中年女人，不知从哪一年始患上一种奇怪的病，从她腹部的右侧长出一大块肉团，肉团颜色紫殷殷的，薄薄的一片皮肉很坚韧地兜着它，像腊月里家户挂在外面晾风的灌腊肠，看上去很漂亮。她年轻时也算是个标致的女人，但家道不好，父母早逝，又辛苦抚养带大三个弟妹，找了个在搬运社工作的四川籍丈夫，经年累月，把腰累成痨伤，稍加负重就咳出一口浓痰，痰里夹杂着缠绕的血丝。我记得那几年女人越来越憔悴凹陷，却无故长出个肉团。Q 君说，像发酵的面团，越来越肿大。你难以想象一个骨瘦如柴的人身上悬挂着一团瘤状的肉，在衣服下凸起而步履缓慢的姿势。听说有一段日子她还搭车去县城乞讨，把那骇人的肉团露在外面，向路人走过的半空中伸出蜘蛛般枯瘦的手脚。她后来终于是狠下心自杀了，趁着丈夫回老家，喝下一瓶剧毒杀虫药。Q 君起了头，我们就开始谈论女人身上长的那块脂肪瘤。脂肪瘤这个名词是从一个医科大学毕业的同学嘴里言词确凿地说出来的。他说，脂肪细胞原本扮演着身体储藏室的角色，它效忠身体时，丰富的脂肪细胞游弋在骨头与肌肉之间，人的皮肤就会光滑细嫩，胖人要比瘦人更能耐寒忍饿。一旦叛变，脂肪细胞所包含的黄色油球，只顾把脂肪储存起来却与身体内的领导者对抗，不再去为身体的需要效忠，而变成一颗癌细胞，那身体的噩运就随之拉开帷幕。

　　"人的表皮之下集结着十亿脂肪细胞，谁能保证它一生忠心吗？"

"脂肪是必不可少的，但它也会成为虚无的存在，就像脂肪瘤越长越大，人却被它折磨死去。"

"像富人，缺少慷慨、大度的品性，对穷人都是无益的。"

当Q君与医科生交锋着思想，争议着身体的复杂组织，打着富人穷人的比方去总结人的宿命时，他只是个乡镇中学的地理老师，每天都要经过女人家门口并看见那团肉瘤的存在。他肯定为女人的死伤心过、哀悼过，但游离在外的我们不会有那种强烈的痛楚。痛楚之后，依然要站在讲台上的Q君，每天继续在地球仪上周游世界，探测地球的深度、某块陆地或海洋的经纬，暖湿气流在空中如何相遇，地貌在时光里不为人察的变异。我更钦佩他历史知识的渊博，对每一次历史事件前因后果的洞察，历史拐点带给世界的复杂变化，从野史中走出的历史人物身上的荒诞性。我们是从少年进入青年时代相识并缔结的深厚情谊，他虚长两岁，却给过我们很多书本世界之外的惊喜。我们有过很长一段时间的书信，他蛰居乡野，生活寡淡，某一天迸发的怪诞想法，以书写的方式游弋到我身边。他喜欢上学生中一个特别聪慧漂亮的女孩，暗中支持她坚信知识改变命运；他信心百倍地学习英语，准备考研，以期离开穷乡僻壤；他读完我寄给他的《万历十五年》，然后在按捺不住的失眠中召唤灵感……这些努力后来都找不见踪迹或中途夭折。就像那些纸页发黄、字迹闪烁的信函，被我捆成一札废弃物送给了楼下的废品收集者，或是连同某个夜晚一起持烛焚之，都已下落不明。

我和那些与Q君相好的三五朋友都走到了城市的角落安身立命，起初我们还在岁末节假会聚镇上相谈甚欢，还不依不饶地勾织理想，而不屑现实于一顾。Q君总是斗志昂扬的那一个，这是我所发现我们之间的差异。在面对现实的种种困扰时，我永远都缺少他那种正面强攻的勇气，而选择迂回闪避的方式绕道。绕道者有绕道的侥幸，强攻者会遇到攻不下的挫败。此去经年的信息渐渐发达，交流却陷进风蚀地带，我听到的关于他的现状，都戴着一副灰色的面具。大概是考研路上的三番折戟，来自学校领导、同事和乡邻的冷嘲热讽，爱情的挫折、婚姻的无望、青春和世俗繁衍的重重矛盾，把他推向一个个酗酒之夜。即使是我们岁末年初凑拢来的难得相聚，喧闹之中，他却成了最孤单最容易醉倒的一个。

他们在说，Q君考研影响教学，也不会处理关系，年终没有评优，就跟学校领导闹翻了；他认为是领导有意为难，而且评上优秀的老师，所教的班级成绩不如他的学生；他抵触学校领导和几位同事的虚伪做派，声称永远不跟形式主义妥协。他们在说，Q君相亲见光死的原因是他嫌弃女方读书少，可又没有本事到县城、市里找一个；他鼓励帮助过的女生远远地躲着他，她的父母向学校投诉他心怀鬼胎。他们又在说，风水先生哪一年就断言，Q君家的祖坟埋在水凹洼，地势低，一下暴雨就淹了，后代要往上爬高一点儿都是白费力气。躲在背后议论的他们，是那些他曾经的学生、同事，熟悉的乡邻、亲人，也有他最愿意相聚而终远离的三五好友。医科生伙伴预见性地说，Q君有陷入人生荒谬之预兆！

我们没有人去设身处地地想过，有一天，Q君的荒谬真的撞向现实这堵墙。对他而言，既清晰又难以驯服的荒谬，是何时潜入他的生活，又是怎样生根开花。

Q君终于在谗言里出事了，他先在办公室里朝左腕上割了一刀，送作业的科代表发现后吓得啊哇呜呀地大叫。几个月后，他又拿同一把削铅笔的刀片在教室里朝左腕割了第二刀、第三刀，当时学生正在埋头复习迎考，Q君端坐讲台，面前的课本被风吹出窸窣的微响，坐前排的一个学生，突然看到地上一条红色的蚯蚓蜿蜒而至，爬到了自己的鞋底下，也许这个调皮的学生还萌生了捡起蚯蚓吓吓女生的念头，但他发现他的脚没法翻转蚯蚓的身体，而他的目光稍稍抬起，他看到了一条世界上最长的蚯蚓，是从老师的身体里爬出来的。Q君再一次从死亡中幸免，他曾经的理性在面对心灵的呐喊时变得一筹莫展。他怕疼，手软发抖，不敢用旧了的钝刀片使大力，在刀口嗞嗞割开皮肤的裂疼中，他呜呜地落泪。学校领导抓住他的精神异常让学生遭受刺激做文章，认为他已经不合适在教学岗位工作，把他调去校工办公室，好心的同事怜惜他，让他干最轻松的活儿，按点敲上课铃下课钟。他错会好意，对同事恶语相向，还一次次随性地把铃声之间的时间拉长缩短。有顽劣的学生，干脆课间把他堵在茶水室，藏起他的敲钟槌，搬来地球仪请教山高水长，搬来历史书争论江山社稷。一些班级的师生常常为了上课的时间吵得面红耳赤。他的罪名又添加一条：扰乱教学秩序。结果就是，他没有教室可进，没有钟可敲，这种游手好闲更加深了他的耻辱感。耻辱笼罩着的他开始给乡镇教育组、县教育局市教委写告状信，揭露学校的不公和校长的小集团、小金库、小裙带，这些控诉最终被上面小而化之。校长还是校长，他却不再是他。他成了某种建立起来的秩序的破坏者，人人都在背后议论"荒谬"的他。这荒谬在他的呼唤与世界的不合理的沉默的对抗中产生，一堵墙垒得越来越高。在学校大刀阔斧的改革之鞭要抽到他身上的关键时刻，那位在砖瓦厂劳碌一辈子的脾气暴躁的父亲，呵斥着哭哭啼啼的文盲妻子，领回儿子，奔波在去医院的路上。

三道蚯蚓似的疤痕叠印在手腕上，被他藏进长衣袖里，只在熟睡的时刻被他母亲偷偷抚摸过，他有时也会揭开袖口逗吓妇人怀抱里的婴儿和咿呀咿呀的幼童，然后遭来一片恶毒的骂声和哄笑。大庭广众之下，他那种故作镇定的相遇和貌似安然的无恙，还是会莫名其妙地露馅。他进出医院的次数逐年频繁，码放在窗台的药瓶多了起来，他的信口胡言稍不留神就跑出来。母亲因此信了佛，常常丢下家务去求神拜佛，在人家面前说道哀伤，耿直一生的父亲不信这套，呵斥母亲的声音越来越大，家里的锅碗瓢盆无故就摔地残缺。他还偏要添乱，还偏要忤逆母亲的愿，去投靠抵临乡野不久的上帝。他早早起床，沿着通往镇外的唯一公路，步行半个小时，钻进新建的基督教堂。他茫然的目光，看着高高耸立的穹顶、贴彩画的窗户、冰冷的石像。他混迹于一群上年纪的老头儿老太太之中，比母亲在神佛前更显虔诚地低头默诵，那些原本积压他脑子里的历史地理知识，一片片落叶般向细瘦的身体外坠落。信仰这种个人对终极意义的追求，在他那里不知被什么取代。他的母亲很无奈，在犹疑中许下誓言，若上帝能拯救自己的儿子，她就去信基督。有一天，他遇到教堂里的每一个人，都要质问一个与上帝有关的问题："为什么他容许这个可怕的世界继续存在下去？他有什么资格为他的独生子作那伟大的宣告？他有什么资格说，若不借着我，没有人能到父那里去？他有什么资格说，他就是道路、真理、生命这类的话？"没有谁知道这句话的来处，只有他记得读过的那本书的页码；没有谁能回复这句话的要义，只有他知道他接下去的言行。

他跨着大步，振臂一呼，当着众人的面，把一本崭新的《圣经》焚毁，火焰在石像下跳动，摇摆着妖娆的身体。燃烧一本《圣经》远比一次祷告的时间简短，更让人瞠目的是，他张嘴朝石像吐了一口唾沫，然后头也不回地转身离去。在场的十多个教友，表情里流露出揪心般的疼，但没有一个人上前把《圣经》夺回。这里面有的人，曾经谤议他这样一个过了结婚生子的正当年纪却还单身的人不能进教堂，一个抽烟喝酒觊觎女学生的人不能进教堂。"上帝不是爱他的每一个子民吗？"他两片嘴唇一吧嗒，就让对方哑口无言。我们已经无从探究他起初是真正怀着成为一名虔诚基督徒的心愿，还是后来走偏踏上属灵的离经叛道之迢途。终归是那一天，火焰照亮他手腕上的伤痕，红得那么耀眼，仿佛有血液正从"蚯蚓"的身体里往外淌涌。

他此举非但没有让上帝的声誉受损，反而是他病情的反复、言行的漏洞成为那些教友取笑和佐证"上帝愠怒"的生动教材。好些年过去，我偶然读到小说家张万新写的一首诗的开头几句："那个人在教堂门前鞭打自己的影子，／为了关一扇关好的门。他是我的兄弟，／他没有疯，也没有罪。"我立马就悲从心生地想起了 Q 君。

从教堂出来，他去过本地和周边省份的几家医院，也有过短暂的治疗，但看不见持久的疗效。有亲友暗中向他父亲兜售，找家私人诊所切掉他的脑白叶质，他会彻底安静下来。他父亲果断地拒绝了他人的怂恿，继续积攒一点儿钱，再带他去一次医院，直到老迈得再也不能远途跋涉。这两年 Q 君自己选择了老张的医院"远行度假"，短则一月，长则半年。那些白色的小药片，盐酸苯海素片、海必利片、甲氧氯普胺片，在母亲一以贯之的神佛和被他偶尔惦记起的上帝之外光顾他的日常生活。这些药长期服用所带来的副作用，对肠胃和记忆力的伤害，让他时常变得呆若木鸡。这是对他面貌最恰适不过的形容。他喜欢晚上出门闲荡，可有时连回家的路，都要在一条分岔的路口纠结很长时间。他像一辆深夜在野外抛锚的车，风寒霜冻，救援却迟迟不在白昼将近的时刻到来。他不知从哪里弄来一个可以折叠起来的小骨架，那种我们后来经常会看到的万圣节的装饰品，逝去幽灵的遗物，在他手掌上折叠翻滚。他有时学着，像骨架那样把身体缩起，像小龙虾，仿佛要在外表上发展出一个坚硬的壳。回想起他进教堂的时日，他不是要找一个上帝的国度吗？那壳看上去是可靠的，是可以筑起一个国度的城堡的，但他内心却极度脆弱，那么容易被攻击，他体内的骨架也许干脆是松软的，那些钙质在骨头里逡巡，却缺少有机物质调和，如同没有黏胶的一盘沙砾，永远不能竖立为沙雕。

Q君有自杀倾向并付诸实施的那年冬天，我闻之惊骇不已，立即决定，动身去镇上学校的旧宿舍找到他，然后我们乘坐一条小木船，去河洲上的一片荒凉的杉树林散步。杉树林是他那一段日子最热爱的地方。冬天的水杉，光秃秃地抵挡着河面吹来的风，那些掉落的叶子，浅栗色，厚厚地铺在地上，踩在上面软软的，有如身陷泥淖。在这片芃野般的地方，四面空荡，八方来风，冰凉地擦着裸露在外的肌肤。我企图靠近并去打开他内心被隐痛裹着的结。我小心翼翼，又不敢加剧一个在生活中滑落者的痛苦和他悲观厌世的情绪。我挑一些看上去不错的往事，也谈我们在外漂游者的困惑，他回以无动于衷的表情。我们走了很远，他终于开口了：

"你一定是想比别人更多地知道我为什么会这样？"

"你很费解我的这些不可思议是从何而来？"

"我几次胆怯赴死，却还羞耻地活着。"

"那些活下去的理由，也是死去的理由。"

他就用"活着与死去，都是同一个理由"的哲学回答，拂扫我心头的疑惑，却又让我视野模糊。后来这句话多次影响到我对生活意义的思考。地球、月亮、太阳，哪一个围绕着哪一个，怎么转，转多久，从根本上都是无关紧要的。陷入潦倒之境的伽利略，不也曾轻易地放弃他那些坚持的重要的科学真理？

杉树林有一段很狭长的路，他走在前面，我在后面，我们在纵横之间走了很多个回合，也仿佛是走了无数个昼夜。水杉仿佛生来就此般高挺笔直，我记得他举首望着一只大鸟窝，问我对他打算像柯希莫那样去树上生活的想法有何高见。他竟然想学习十七世纪意大利翁布罗萨的那个十二岁的贵族少年，我知道他定是刚读完卡尔维诺的小说。他说，他是正读着《树上的男爵》。他问我："谁想看清尘世就应同它保持必要的距离，你不认为这句话很有道理吗？"我迟疑了一下，他就走远了。他的背影看上去像一个无所依托的流放者，他随手捡起一根细枝，抽打着刻在皲裂树干上的记忆。树皮碎屑窸窣飘滑落地，我感觉像是自己身上有什么东西在掉落。我不喜欢看他把现实戳得千疮百孔，把孤独的自己推向更孤独的境地。那一刻，我相信，一个人与自己的生活之间，肯定存在着某种压倒一切苦难甚至死亡的东西。那一刻，我对他又多了些与别的朋友之间不同的亲近感，不只是同情与悲悯，而是某种隐约的敬意。我宁可相信，他是在展示着我们希望思考却尚未开始思考或最终不会思考的东西。我很想帮他，但我又无奈地想，这世上终究是谁也帮不上谁。

从杉树林渡河回来，我上 Q 君家想顺路看望一下他的父母，却被两位老人热情挽留。当烧瓦工的父亲能喝酒会劝酒，我方明白他的酒量是典型的遗传。酒像上了热气的熨斗，把老人常年烧窑炉烤成紫铜色的额头上的皱纹深沟熨拉得平浅了些，而我很快就晕晕乎乎。饭桌上的他思维清晰，言语正常，还劝父亲不要灌我酒，我身体里暖流四淌，像是回到从前的酒聚上，常常是他护着我帮我挡酒。天黑得早，白天走了很远的路，疲乏得很，加上酒精的催化，我早早被他扶上了他家的客床，还叮嘱我床头搁着杯茶水。半夜里我果然口渴醒来，意外听到门闩拉开的声音和脚步的拖沓声，又看到人影的晃动，我当是便溺者的响动。但好长时间也不见门关上，我把床头的水喝尽再闭上眼竟睡不着了。好奇的我披上衣服走出去，唤了两声 Q 君的名字，没有回应。到屋外看见廊下的灯昏昏地亮着，Q 君喘着短气从黑暗里钻出来，朝光的另一侧暗影里急傻傻地奔去。我压低声音问怎么啦怎么呢？等他前额脖颈湿漉漉地回来，却是略带责备的语气说，你安生睡你的，让那人跑了，今晚是不会再来了。我问他那人是谁，他闭嘴不说。他的父亲这时也起了床，低声制止了儿子半夜追人的荒唐之举，语气里没有了早年的暴躁，只有哀求和绝望。他又冲儿子的背影叹息一声，梦和现实总是混淆，未来的日子不知如何到头。我们各自回房，熄灯睡觉。我耳畔回响着一个老人对儿子"日子如何到头"的嗟叹，挨了多久，依旧迷迷糊糊，依旧听到他在另一间房里翻转身体的微微声响，像翻一张已经焦黄的煎饼。

我后来逐渐把这个夜晚忘记，偶尔想起时会有恍惚之感，以为那只是一个梦。我是真心想把它当成一个梦。

蓝条纹男子从身边走过时，老张一把牵过他的手，跟我耳语，他父亲也是个精神病人。我认出他与Q君勾肩搭背，相谈甚欢。我想和他谈谈，老张就轻轻拍了拍他的肩，"荣伢崽，出来一下。"他满了四十，但看上去要比年纪显小许多。在我面前坐下，他略微有些局促不安。他的烟瘾很大，抽完一支烟后，才开始向我讲述他的"病史"。初中没毕业，父亲一句话"读书卵用"，他就退了学，其实更多是经济局囿，家里姐弟五个，没钱供了。排行老满的他到广东一家服装厂打过工，打工期间参与一次老乡与外地人之间的斗殴被工厂劝退。十九岁那年，他打工返家后借来初中、高中的课本，想复读，这一行径遭到因为考学已经发病的父亲的训斥。他不管不顾，栽着头，逼上梁山般从早到晚啃书。越急就越读不好，越读不好就越发焦虑烦躁。某天夜里，再次遭到脾气火爆的父亲的斥骂时，他一拳打掉了父亲的一颗门牙。那一晚，他烧掉了所有借来的书，揪扯着自己的头发，一根接一根地抽烟。

荣伢崽清晰的思路让我感到惊讶。过去的事情他讲述得很准确，时间、地点、事由，没法叫人相信这是个患有狂躁症的人。但自从有了第一次发病，他就间歇性地发作，屡屡拳脚相向。他把不公命运（没读书的命运）所导致的后果都归结到那个跟老支书纠缠不休，在家里情绪暴躁的老男人身上。后来，他才发现，这个人已经鬓发斑白，满脸皱纹，年老力衰，被儿子打过几次后就开始躲避，即使是儿子强悍的目光射来，他也会不由自主地哆嗦。我谨慎地避开关于他父亲患病的话题。

"我们都是吃了性格的亏，太犟，太呆板，太爱顶牛，撞了南墙也不回头。"孰料这位儿子谈论精神病父亲时的那份淡然，仿佛是置身生死之外的超脱。

荣伢崽的父亲的伤心往事是老张后来讲述给我听的。"文革"期间，老荣有着美好的向往。学习优异的他因为家庭成分的问题，先是被村支书剥夺了读大学的机会，后来连学校代课的机会也被"剥夺"了。恢复高考，老荣立誓要考个大学，反反复复，头几年总是在录取线的边缘游荡，后面是一年不如一年。再后来，老荣年岁渐增，考学是彻底没了希望。由此，他记恨了村支书这位戕害自己命运的"罪魁祸首"。支书在位时，不务农事的他就从早到晚跟着，记录下支书的一言一行，然后每月给县、乡领导写信，检举村支书的"反动与腐败"。写信没有回复，没见到调查组，老荣就去上访。领导拗不过他的坚持，游说即将到龄的支书提前退了休。没料想他不愿撤离，继续像影子一样地跟在后面。心怀愧疚的支书也是个霸道的人，并没有意识到老荣的行为举止和心理状态濒临失常的边缘，只差扣发"扳机"。某天，支书俨然以一种毫无罪过的姿态讥讽老荣的高考悲剧时，后者涨着一张发红的脸，早谢的头顶变得更加油光泛滥。在众人取乐的欢笑中，老荣感到一股力量拽着多年来忍受的屈辱东冲西撞。命运的不公，生活的不如意，时代的卑微屈辱，让他对眼前某人的愤怒极速膨胀。他随手操起农民屋堂里的竹篾耙头，扑向了笑得正欢的支书。

支书的一只眼睛被弄瞎，而老荣发疯了。发疯了的老荣还是追踪着支书，支书惶恐不安，双方几次发生摩擦和打斗，搅得村里鸡犬不宁。无奈之下，乡里每年象征性地出点钱，把老荣送进了精神病院。他绞尽脑汁地逃跑，终于一次成功逃脱后，却在回家的半路上给车撞死了。听到这个结局，我很吃惊，一个家庭，父子患上相同的精神疾病，父亲成为一面镜子，难以言喻地照着儿子的人生前程。

老荣死后，荣伢崽的病才浮上水面。不发病的时候，他就外出打工挣钱。结了婚，两个孩子，大的读一所职业中专，小的念小学，家庭开销大，医生开的药要长期吃，有时嫌贵就"偷工减料"甚至停了。那种叫帕罗西汀的药，小小的白色药片，许多精神疾病患者常用药物，经常被荣伢崽这样的患者忽视。而忽视的后果只能是病情复发，然后他每年都要到医院来住一段。最近的一次外出是年前，经老乡介绍去到一家电子厂，三班倒，流水线上的时间枯燥乏味，没吃药总记不住上班准点时间。有天外出到一高档楼盘售楼部被保安睨视驱赶时，一气之下捡石头把大堂落地玻璃砸了一个窟窿。"赔了钱，出口气，这样又回来了。医生说还住半个月就可以出院了。"他说得很轻巧的样子，"我还是要出去打工，细伢子读书要钱，还得靠我。"一个父亲对女儿的心思，在当下和将来，是否能获得女儿内心深处的认同和体谅？

谈话结束，荣伢崽从裤兜里摸出一根烟，借火点燃，挥手告别。身后的不锈钢门"咔嗒"关上。这声音仿佛把这个现实的世界隔断成两半，Q君、荣伢崽们跨进这张门，回到他们的世界，与无数活在我们中间的人不同，他们向回不去的世界闩上门，紧闭不出。我不知道，夜色升起的时刻，那些时光哑默的晚上，每张床是否都会与他们说话，每面墙是否都可以打开一扇门。

雨声依旧大作，把整栋楼的屋檐遮棚拍打得惊心动魄。离医院不远的地方，是广阔的洞庭湖。湖面上氤氲的阴沉，团团抱抱，推搡追逐，与死亡有关的衰败气息在暗处发酵。病区里的气味追赶着被雨淋湿的风。湿滑、黏黏、很浓的锈味儿，轻微呕吐物的味儿，从不清新的衣物里飘散的味儿。我感到形容它的语词是匮乏而不准确的。表演结束，人群四散，好几个挤到我的身旁，还是那个年轻人突然拍了拍我的肩膀，问我哪一天进来的，是不是从火星上来的。我苦笑，在这里，他们的任何言语，都可以是一首耐人寻味的诗。Q君不知何时走到我身后，说："这真是场荒谬的雨！"

我望着窗外的雨，雨幕遮挡了远处的世界，只剩下一片灰蒙蒙，转头看见走远的 Q 君的背影，就像我们过去的某次相聚后的告别。他走了，我留下来。这背影一晃眼又变成荣伢崽的，我也像是这些病人中的一个了，我是从那个被问到的"火星"的来处来的。我想起那个地方，还有一个"都市"的称谓，人群聚集那里，许多人，彼此并不相识，密集地共处在同一个空间，不打招呼，不攀谈，每个人各怀心事左顾右盼。空间上如此近，在沉默无声里又是如此疏远。就像波德莱尔所说，每个人都将自己藏身于人群中，这样的人群又成了坏心、恶行的温床。我们被这温床"滋养"，一不留神就或快或慢地腐烂变质。又或是，我们在水面上瞻望，却看不见水。

雨在用餐铃响起时骤然停下了。像听到号令，他们面无表情地排队领受食物。天色在雨幕里尤显凝重，一天即将告别。我也和医院告别，和这一片水泥森林告别。车行至公路的拐弯处，我看见医院藏身的那幢建筑，在臃肿庞大的工业园区，它像极了一棵被驱逐的孤独的树。差不多十年前，Q君"去树上生活"的向往，一语成谶。只是他爬上的树是这般一个地方。他和那些被认为是荒谬的人，从我们中间走出来或故意掉队的人，都在这棵树上看着生命之光一明一暗，闪烁、绽放、萎灭，重新燃放，重新萎灭。

其实我们都是世间再普通不过的游走者，无足轻重的小人物，他的悲剧，我们的悲剧，悲剧人物的忧伤种种，都是荒谬这位主角的重复演出吗？回城的车上，车窗紧闭，一片沉寂，我却感到有一股仿佛从恐惧内部奔泻出来的风，锐利地滑过来，荡过去。我开始有些后悔在精神病院度过的一下午时光。一张张时而模糊时而清晰的脸，陌生而又熟悉，他们变身为球状黑暗之物，一锤锤砸过来，心脏硬邦邦地疼。时针指向深夜某个角落，偶有过往车辆尖细的喘息锐利地划破沉沉夜幕，广袤无边的夜色紧扼那些彩灯闪烁的长长街道，仿佛一条看不见尽头的食道，随时就把这世上冒失者吐出的声响，生吞活剥，消弭干净，连骨头也不吐出。

那些待在角落里的人，是不是被侮辱和欺凌的冒失者？是不是最无力的遗弃者？我反复给自己提出这个模糊又具体的问题，却从没获得任何声音的回答。

那天的暮色里还有一个场景被我提取。走廊拐角有一处人

178

造天井，雨屑濡湿定定站着的 Q 君的额头，我看向他，他却把目光瞥向茫茫雨中。那目光里的虚无绷紧力量，仿佛箭在弦上，将要射出。可是，等了许久，他闭上眼睛，那箭在清亮的弦响中最终是射向了自己。他的眼角，冒出两颗圆鼓鼓的泪珠，也许是那荒谬的雨。

死亡演出

她从深夜的梦中惊醒，泪流满面。

微信咔嗒一声，她问我，在吗？

我正在书案前某个虚构的困顿中泅游，点开闪光的屏幕，发过去一个功夫熊猫的萌头像。

她说，我做了个梦，梦中，你告诉我，在你的梦里，我死了。

我回以夸张的惊悚表情，说，别绕了，我头痛。

她说，你的梦证实了我的预感，我可能即将死去，在衰老并未到来之前。

六年前，我们第一次见面，我看到她差点在我的眼前死去。她是地下酒吧的领舞，那晚演出结束，她跨上街头一辆载客的摩托，与同伴挥手告别。当时的她浓妆艳抹，吊带背心，仅把跳舞时的超短裙换成了一条七分牛仔裤，一身潮酷打扮。对这些不知深浅的女孩，我并不抱有太多的好奇，但也会在路遇时多打量几眼。倒是那个中年摩托车司机，年轻女孩子搭载他的车，让他有些兴奋，脚下离合松开，油门提速，飞快地向前冲去。他也许是某个工厂的下岗工人，只为讨个生计，他的车技也并不娴熟。夜间下过一场小雨，路有些湿滑，前方光线黯淡。一辆没有打转向灯的出租车从斜里的巷子杀出来，双方几乎要撞到一起时才发现对方，都想避免事故的司机同时往一个方向急打方向盘。出租车刹住了，摩托车也刹住了，但惯性让摩托车轮打滑，沿着幽邃的街道摔出老远。

坐在后座的她发出尖利的叫声，身体像蝴蝶一般飞起来，在夜空划出一道绿光，然后撞到一棵行道树上跌坠，落地。咔嚓，像是树枝折断，又像是骨骼碎裂的声音。

从报社下夜班的我正好目睹"蝴蝶"在夜间的飞翔。她躺在地上一动不动，我走近才听到微细的呻吟，围观者聚拢又散开，以为她受了重伤，不久将离开人世。也许是职业使然，我打通急救电话，并跟随急救车送她到了医院。急救车内的灯光蜡白，她的脸被额头淌下的一道血流分成两半，渐渐变得惨白。后来我对她描述那一幕，她嘁嘁笑着像是听别人的经历，天真地问道："脸真的只是白，我想也很丑吧？不行，你不能再跟别人说这件事了，你保证！"

她说："当时我以为自己死了，临死前感觉真好，我在空中舒展身体，像是一次最恣意的舞蹈。哎，我是多么想让我的死亡演出给这世界留下一点掌声。"

我说："当时没有人为你鼓掌，只有局外人的哀讶。"

她恢复得很快，常年的舞蹈训练和肌骨的柔韧性，让她奇迹般地只有一些皮外伤和左手臂的轻微骨折。倒是那个跑摩托的壮汉车主伤得严重，听说在医院足足躺了半年。我把这当作夜归中的一个意外，过去就过去了，但离那个夜晚很久的某一天，一个女孩到报社来找我，那是一张干净和精致的脸。她略带羞涩地自我介绍，声音细柔，而我几乎没认出来。在我的印象里，那浓浓的眼线、光艳的唇彩、被粉底扑打过胭脂涂抹过的肌肤、被血污流过的脸，与眼前这位女孩的清秀端庄根本不搭调。

她请我吃饭，后来却是我买的单。从落座开始，她就像是我多日未见的老朋友那般说话，天真、莽撞、不设防，又无畏惧。那段时间，她不再去酒吧领舞，而是找了家培训学校当起了教小学生的舞蹈老师。她喜欢不固定的生活，喜欢没有约束的工作，就像她爱做梦一样，梦是她对自由的追逐。

"我喜欢做梦，大部分梦都忘了，但有的梦常常给我指引。"有一段时间，我们的聊天就因梦而展开。她梦见自己前世是一只蜷缩在枝丫上的鸟，而这只鸟竟然有三双翅膀，因为它不知道要扇哪一双才能飞起来，就一直在心里盘算着，却至死也没有飞起来。她梦到去大海边旅行，遇到海啸，把船上的人们卷到高高的空中，又卷入深深的海底，同行的游客都被五彩斑斓的深海鱼吞掉了，鱼就长出一张张变了形的人脸，但人鱼都被泅在一个个没有光的巢穴，把穴壁撞得摇摇欲裂，只有她在水边长大，凭借幼时就学会的高超泳技，穿越海底，逃到了岸上（实际上，她害怕水，也压根不会游泳）。她说突然梦见自己得到一个灵签，是关于生孩子的，她告诉了因一直怀不上孩子而苦恼的女友，很快女友就怀孕了（实际上她又记不起签上的一句话一个字）。她说起从小把她当珍宝般喜爱的外婆，死去多年她只梦到过一次，外婆说房子漏水，指给她看左上角屋顶，她说去找建房子的朋友来修，外婆说让你舅舅修吧，再让他给我寄点钱，第二天她打电话给舅舅，去坟上看看有没有什么问题，果然看到坟堆的左上角泥土开裂，雨水积在沟缝里，修整了坟，又烧了很多纸钱，她就再没梦到过外婆（后来我意外得知她的外婆当时尚在人世）。她说得更玄乎的是，每次月经期那两三天，总会梦到沙漠，一架着火的飞机从空中坠落，飞行员从燃烧的机舱里跑出来，头戴吐着火舌的皮帽盔，一路跑，沙漠也跟着一路烧起来……

还有的梦，我听过就忘了，而她从梦中醒来，那些像风一样吹过却记不起来的梦，会让她的心情跌落至深谷，郁郁寡欢好几天。

我们不见面的时候，她也会在留言或邮件中讲述那些奇怪的梦，说梦有时候是昭示，有时候就是她与自己的内心对话。有的梦虽然是超越现实的逻辑，但想法和欲望是真实的，督促她放下世俗的框束，面对心灵最深处的真实。她的过去我知之甚少，她不主动谈起，我也很少问及。现实中的她给我传递的信息如下：像男孩子大胆任性，但从小不敢关灯睡觉；热爱各种化妆品，搜集了数百管口红；有过两三次夭折的恋情，原因是那些百般顺从的男友不会持久地爱她；与父亲的关系一度十分紧张，父亲扬言要与她断绝父女关系，她头都没回地走出了家门……

后来呢？我问她。她说，她在外面租了房，尝试过几种职业，有化妆品推销员、迪厅领舞、歌厅啤酒促销员，还去朋友开的服装店当过衣模，卖过服装，有男友登门却又被她扫地出门。母亲一直悄悄地关心她，怕她没钱花，给她的卡上打钱；怕她生病感冒，不时打电话嘘寒问暖；怕她被人欺负又错过好男人，提醒她不要只看颜值要重品行。她知道，母亲说话的时候，父亲一定也是坐在旁边侧耳倾听，她就嗯嗯呀呀地点头，一副特别乖顺的样子，最后会说一句，让老穆保重身体。老穆是她父亲，当过一家纺织厂的车间主任，企业掀起下岗潮，老穆不忍心让他的下属——那些一家几口都窝在厂里的人失去工作，就先让自己下了岗，大家都知道老穆是好人，唯有她认为老穆对她太严厉，从中学起就没叫过爸爸，改以老穆相称。

离家一年，老穆某天"三高"引起中风，幸亏送医院及时，不然余生极有可能在床上度过。那是她们父女关系最融洽的时期，她毅然辞去了工作，与母亲搭档照顾卧床的老穆。端茶倒水，喂饭换衣，洗漱按摩，她一声不吭，却做得比专业护工还细致。同房间的病友，明里暗里啧啧称赞老穆有个好女儿。老穆悄悄转过头，又是笑又是哭，眼泪把枕头打湿一大片。而她心中缓缓升起的暖意，可以融化一座冰山。父女俩化干戈为玉帛，脾气暴躁的老穆再没指责过女儿想做的每一件事。从此，老穆成了另一位百般顺从的"男友"。老穆真的老了，常常呆望着窗外的那些树，那个被各种声音和颜色填充的世界。她看着父亲委顿的样子，感到生命的老去带给一个男人的沉重打击多么让人恐惧。老穆卧床半年后终于能正常行走，不久她再次离家，这次是在南方找到一份有保障的工作。老穆第一次送她出门下楼上车，泪眼婆娑，她戴着墨镜，一个劲儿地挥手让父母回家。她说，其实她是对家庭生活又感到了厌倦和疲惫。

她是个无比复杂的矛盾体，她说，她从不爱任何人，对自己的爱超过一切。我们作为朋友的交往是断断续续的，她有时会从我的视野里消失一年半载，有时会让我以为她随时能在身旁出现。她把在迪厅酒吧结识的姐妹带来与我认识，说我可以采访写写她们，我还真与那几个染着或栗色或黄色或紫色头发的姑娘聊过天。她们很多是从一家艺校毕业，十七八岁的样子就开始在酒吧里流转。恋爱、分手、喝酒、跳舞、昼伏、夜出，她们都有一个艺名，大家叫久了，很多人会一下想不起自己的真名，像是两个人活在同一具躯体上。"吃青春饭呗。""未来太遥远啦。""过好当下就行。"这是她们对活着的世界的体察与洞解。转身她们走了，她不屑地说："我跟她们不一样，我知道我要过怎样的生活。"后来她离开这座城市，与她过从甚密又分崩离析的一位姐妹向我谈起她，有过一次闪电般的婚姻；有很长一段时间嗜睡成病；害怕衰老，偷偷地给自己买最好的化妆品；请私家教练单独辅导，疯狂健身练舞到不分昼夜。"其实她根本就算不上漂亮。她从不换位思考，她从来都是自以为是，很难有人可以与她长久相处，她的生活里没有一个可以成为永远的朋友。"她姐妹的评价让我惊骇不已。

　　这个评价，我不知道最终是否构成她离开这个世界的理由。两年前，我到了另一个城市，奔波于新的日常生活的搭建，我们几乎没有了联系，我都差点忘记了她。后来，她不知如何从微信联系上我，我问这问那，她都很灿烂地说，一切都好，生活很快乐。

　　她给我发来各种自拍和房子角落的照片。我把照片在电脑上铺开，拼凑那一套富人区的房子，却像是很多不同的房子。有那么多外观不一致的门，每一扇房门都通往不同的风景，有的房间像一个露天鸟笼，圆弧形铁栅栏，黑得闪闪发光。其实那时候，她只是租在偏远的郊野，陷入一场付出了爱但没有结果的恋情，以割腕自杀的方式又上演了一场死亡演出。抢救过来后，她对自己并没真正地死掉而恼怒，在病房里吵闹，偷偷拔掉输液的针头，在舌根下藏匿药片转头就吐掉。医生已经向她的家人建议让她服用精神治疗类的药物。她向我隐瞒了这一切，还说要找机会来看望我。我说，独自在外，要把自己照顾好。她却生气了，冲我很不礼貌地回答，她过得比任何时候都好。后来我才知道，她在几次进出医院接受精神治疗的住院过程中，目睹一个女护士把自己关在诊疗室自杀，还有那些莫名其妙聚拢在一起的病友的啸叫、呻吟，扭曲的表情，异常的举止，是否对她造成过大的心理暗示和恶劣影响？

她在治疗中与我聊天，只字不提生病的事。很长时间里我对此费解不已。她仍继续跟我说她的梦。她梦到自己有很多张脸，梦到自己像印度教徒那样腰缠布条、穿着纱丽走进河里时却被那些潜水的鱼身人面怪把她活生生地吞噬，梦到一个长着鸟脸的男人因为不能得到她的爱而剖腹自杀，也梦到过自己醒来时皮肤褶皱、四肢颤巍，镜中花草一片枯黄……她不再只梦见别人的故事，而是让自己在梦中反复以主角演出。我揣测她的身体里，到底充满了多少离奇的梦、多少长短的诗句和多少相互追逐与咬噬的时刻。

是的，在某些时候，她一定是把我当成知己朋友的，她也理所当然地认为，朋友能理解她的一切。对一个生活在自我世界的人，他人的理解和宽容都成为一种放纵。放纵走到最后，带来的必然是让伤害者拥有更多伤害自己和他人的理由。

那个我预想过但最不愿发生的结果终于发生了，幸好又是在时隔几个月后传到我的耳中。她把自己反锁在家中，服用了大剂量的安眠药。药的来源是她的好几个朋友，她把大家帮着找来的药积攒下来赴死。与她有关的事实就是，她如愿以偿地死了。我希望她是在一个深夜的梦中安然地死去，但听说她被发现的时候，一只手搭在门边上，指甲在门框抠出几个深深浅浅的印痕，还有嘴角边是一摊已经干涸的呕吐物。自责和哀伤让我不断地回忆与她之间的过往，反复浮现的却是她说过的奇幻梦境。除了家人与朋友，没有人纪念她，也许她的朋友并不是真的纪念，而是对一个怀着自杀心生活的人的幽幽哀讽。

假装要飞翔

那天是冬至，我记得清楚，从本地一家黄酒企业做完采访往回赶的路上，因为饮了一大杯酒，浑身暖烘烘的，像是信手燃起的一蓬野火，呼哧啦啦地烧起来。走到新迁不久的报社大楼前，认识我的保安跟我打招呼，说有人找我。然后朝大门外石阶的一个拐角处，努了努嘴。

人坐在石阶上，背影朝着我，头发多日不修剪，有些蓬刺。蓬刺得像草，是一点就能果断烧起来的那种。

我走过去，来人侧着脸，嘴上的烟头在吐出的烟雾里一明一暗。他突然回转头，四目相对，赶紧慌张地站起身。我喊了他一声，多年来的称谓没变，也许是我语气里有些意外。他脸上松垮的肌肉瞬间拉紧，烟头从指缝滑落在地，脚胡乱地扒划着找到它，沾泥的旧皮鞋重重地碾压了上去。

我把他领进了办公室，幸好同事悉数外出未归，这样说话可以没有太多顾忌。我不知道他来找我的真实目的，他先是问我爸——他的老战友身体怎样，说电话打不通。我说刚换了，但我妈的号码没变。其实他这些年从来都是打我妈电话的。

188

坐在我面前的这张脸苍老了许多，脸上的沟壑里掩埋了青壮年时期的韧劲和自信，剩下的是清晨即将熄灭的火烬。我记得他是不抽烟的，他无所适从地张望着，又不由自主地从裤兜里摸出一根点上，看到我皱了皱眉，就赶紧把烟头在鞋底上摁灭，又找不到丢弃的地方，就拿着烟头尴尬地笑。他说是来求我帮忙的，大儿子在一个偏远县城的自来水公司倒班，与儿媳妇两地分居，至今尚未生育，问我有没有认识的领导，关照关照或是换一个工作。对这个超出我能力范围的请求，我又皱了皱眉，委婉地表达了为难之情，但还是翻着电话簿，想从某个熟悉的朋友那里试探一下。我总改不了爱面子的臭毛病，也从没掂量出面子的重量，或者说是我心地的善没有离开过。

他只言片语地讲着为人父母的忧虑，孩子的现实困难，最后叹着气说，还是你爸妈的命好。最后一句话进了我心里，有些刺，上一辈的比较就是如此庸俗。我瞟了他一眼，手上的电话簿翻得越来越快，在清寂的空气里发出哗哗的响应。他停止了絮叨，我知道，这个电话不打出去，他是不会从这里离开的。电话打得很顺利，我拐着弯跟那个县宣传部的朋友说了，让他出面给自来水厂的领导打打招呼，对方答应了。虽然后来并没有效果，但他再未就此事找过我。

当时已经到了饭点，我在犹豫是领他外出找个小餐馆吃饭，还是带回家。我借上洗手间的机会给家里打电话，爸爸的声音有些粗，"他去找你干什么，又是什么麻烦事吧。"我听到妈妈先是问哪位呀，弄明白后就抢过电话，"要你国生叔到家里来吃饭吧，何必在外面花那个钱。"

他对我妈的邀请显得很开心，也许是因为我的电话打出后有了期待而情绪饱满起来。走出办公楼，他说等一等，然后不知从门卫大厅哪个角落里拎出两把孩子坐的小木椅和两个鼓鼓囊囊的编织袋。椅子是乡下榆木做的，座面上有没打磨彻底的疙瘩，漆过一遍后就变成了撒泼开的雀斑点。我想起来木匠是他的老本行，小时候，他就经常在我耳边说要打一对能让人飞起来的翅膀送给我。每次说完这话，他都会站起身，找到空旷的地方，平伸两只手臂，像机器人似的从手指到手腕，从肘关节到肩关节，慢慢地动起来。继而人开始逆时针奔跑，先慢后快，像是真要盘旋着飞起来。那是我特别期待的一个梦想，但他并没帮我实现，那对让人飞起来的翅膀一直遥遥无期，以至我都遗忘了它的存在。

我笑着问："还记得给我做木翅膀的事吗？"他先是愣了一下，似乎并没想起曾经许诺过的这事，然后显得很无奈地说："哪有这本事，我这辈子连飞机都没坐过，只能在乡下当个不本分的农民。"

下了车，到楼下，我打开单元门把他让进去。他停下脚步，像是突然想起还有重大的事情尚未完成。他说："我不上去了，之前答应了去谁谁家，也是老乡，刚当上市联社的主任，约好了这个点见面。"然后把编织袋中的一个递给我，一点乡下自产的东西。这是他惯常的行事方式和口吻，从不空着手登门，对那些确实存在的老乡领导点名道姓，好像彼此之间真有着非常密切的关系。我客套地挽留，当然最后是目送他走进了暮色里。

他的背影很快就消失了。这个曾经很熟悉的背影，像件衣服被时间揉搓得缩了水，又像是一棵长在荒野里经年风吹雨打的树，弯驼着走进一片冥暗中。他的离去帮我掀开过去的时光折页，那些儿时小镇上的时光。

小镇的暮色总是走在时钟前面放下帘幕，把镇子笼罩严实。镇上最高的水塔，鲫背似的屋顶，通往县城的公路上的林荫，仿佛是眨眼间给吸进了一张黑洞洞的大嘴里。不知谁家提前生起了炊火，炊烟只会让暮色更浓，更暖，会突然敦促在外玩耍得兴犹未尽的我惊呼一声，要回家了。

我家住在爸爸的单位院子里，两层楼的长排房，一楼办公，二楼是职工宿舍，西边的屋子灯是亮的，窗帘是妈妈拼缝的，那是一张缝合了四五种颜色的纱帘，透出来的光因此有了凹凸不平的立体感。那天回到院门口，那头叫毛栗的黑驴守在门外，正低头寻食着院墙外稀稀拉拉的草叶。院门并没有真正地锁上，但毛栗从不轻易进这个院子。看到它，我立刻一喜，是国生叔来了。我拍了拍毛栗的腰背，轻轻抚摸下巴处松软的一簇褐毛，它认出了我，打着响鼻，把头靠过来。

早上出门的时候，妈妈叮嘱我，晚上煮冬至饺子。她还说，冬至过了，白昼又会慢慢拉长。是谁把它拉长呢？妈妈支支吾吾，说不出答案。我也并不需要一个回答，门外的玩伴吹出尖细的呼哨，把我嘘得焦虑不安。倒是后来妈妈的一位信了基督的姐妹在我们耳边絮叨，上帝有一双无所不能的手。她来我家串门，其实是劝妈妈像信任她一样去信任那位被吊在十字架上的人，但妈妈拿不定主意，总在推托，总在拒绝走进那扇门。这位阿姨蹲到我耳边，看着妈妈说："你信了，就得福了。"后来妈妈把这句话转达给了国生叔的老婆，那个女人常年疾病缠身。妈妈也是一脸神圣地说："你信了，就得福了。"

他给我家送猪肉，是那些年冬至的固定节目，就像南方乡下都在这天杀年猪这个习俗一样。这天的一大清早，镇上的猪在黎明前的黑暗里叫唤着，很快吵得鸡犬不宁。准备杀猪的人家厨房里热气弥漫，灶膛里长长的火舌吐出呼哧呼哧的响音，像肥胖者巨大的鼾声，锅里的水滚出噗噗哗哗的沸响，没隔多久，天空里就此起彼伏地传来那些尖利的号叫。

他家每年只养两头猪，猪到了这天杀掉后，他就赶着驴出门给亲朋好友送欢喜。他一跃而上，驴身子一沉。他吆喝一声，呀，呀呀。车子开始行进，两只车轮在地上滚出一阵吱吱呀呀的声响。驴拉着车从七八里地外的鱼口村走到我家，正好是妈妈从学校回来的时间点，他把木板车上的猪下水、猪蹄、猪龙骨，一爿小猪肉，搬进我家厨房。来的路上，它们还冒着热气，散进薄薄的雾里。转眼，他又赶着驴回去了，通往鱼口村的路，浓荫遮蔽，人影隐绰，车轮压过的声响清晰可闻。妈妈系好围裙，捅开炉灶门，厨房灯影摇晃，砧板上很快就响起了剁肉的嗵嗵声。

他是爸爸的战友，也是个木匠。听说他曾经的名字就叫木生，后来去部队时，自己改成了国生。他豪情壮语，去部队就是为国而生。但他是个农村兵，注定了退伍后要回到那片黄土地上。二十世纪七十年代后期，他们所在的部队专在广西的深山老林钻山打洞，爸爸在一连的工程班，国生叔在三连的木工排，去部队前他们并不认识，后来是一连和三连合并后才相识的。他们同年退伍，爸爸说是因为认识了我妈，被爱冲昏了头脑，又认为自己这样的城镇兵有工作安排，等不及提干就毫不犹豫地回来了。倒是不想回来的国生叔，似乎在部队不受待见，服役结束也就脱下了军装。

那时候，他是我家的常客，有事无事到了镇上，他就要来看一看，说几句话露个脸。在那个计划经济的年代，爸爸供职的单位掌管着所有紧俏的农资化肥，春种秋收前后总是供不应求，坚持原则的他很是严肃地面对每一位来家里的亲友。爸爸对他就显得不那么热情，但他毫不介意。爸爸妈妈的生日，冬至杀完年猪，打好糍粑，加上一些农作物收获的时节，他都会赶着毛栗过来。爸爸不在家，他就像变戏法一样，摸出几颗糖、一个崭新的木陀螺或者一把木剑。他是给我的孩提时代带来欣喜的人。他与我讲部队的故事，讲与爸爸的深情厚谊，说有次上级下令连夜打通一个山洞，他临时钻进去布装雷管，不是细心的爸爸及时发现并把他叫出来，早就命丧炸碎的乱石底下了。他说，这辈子他都懂得要感恩一个救过他命的人。而我爸说起这事却很愤怒，挨了上级一顿严厉的批评，被要求写了几千字的思想反省材料。

他差点儿成了一个乡下医生，他的父亲懂些中医，农闲无事常给人把脉开药，治好过邻户隔村一些人的劳疾和风伤。有一年给镇上多年没能生育的副镇长老婆开了药，那女人煎服几月果真怀上了，后来顺产一大胖小子。老人很快声名大噪，上门求医者陡增，门前也常徘徊若干学医者，但都被婉言拒之。老人倒是有意传点药道给儿子，艺多不压身，他却不情愿，跑去跟村里的老木匠当学徒，整天和锯子、刨子、牵钻、墨斗、角尺混在一起。跑了半年多，虽然学习时间不长，学艺不精，但也算是身怀技艺。他有次在我家酒后说，他并不喜好木工这个传统手艺，当时是叛逆，为了讨点轻巧的生活，而不是整天到田里辛苦劳作。到了部队，他顺理成章地被分到了木工排，但这位年轻的木匠做得最多的是工程要用到的木模（把木板裁割好拼接成型），偶尔也帮连里修修补补歪腿断肢的桌椅板凳。不同的是，爸爸当年干的是开国产的装斗车挖掘机，这让他很嫉妒。更让他落寞的是，多年后看到镇上村里开的那些家私人诊所，他带着多病的妻子去看病开药输液，耳闻目睹，半道上路的医生们，轻而易举之间，口袋就变得鼓胀流油，他就一次次跟我妈谈起年轻时的选择，说恨不得一脚把自己踹回几十年之前。

退伍后的国生叔又回到了土地上。离世的老木匠把所有的工具留给了他。他成了村里的新木匠，却还是只能够打制些桌椅板凳。他又不像有些肩挑手扛的手艺人，走村串户叫卖，一年到头，接木工活的日子也屈指可数。有一阵他埋首木艺，把家里存放多年的一些柞木松木搬出来，做成桌椅，当作礼物送给亲戚朋友，也送给村里有交情的邻居，即使是这样，家里有空闲的屋子角落还是堆满了做好了的矮椅长凳。

毛栗到国生叔家是他退伍的第二年，这头刚出生不久的驴是副镇长买来向老中医致谢的心意。当时老人不肯收这份重礼，驴是当年农家的好劳力，价格不菲。老中医推辞之间，他笑脸盈盈地给副镇长泡茶让座，别有心计地牵过驴绳拴到了屋后的猪圈外。养了三五个月，驴就成了他的好帮手。帮他拉木料，拖送桌子椅子八仙桌，给我家送过猪肉糍粑，给自家搬过农药化肥，好几次还把醉酒的他安全地送回家。

我爸说起他，评价是不守本业，想法太多，不脚踏实地地干事，更谈不上干一件成一件。二〇〇〇年前后，农资市场刚放开个体经营，不知从何处打探到"春后农资要涨价"的消息，他找到已经调到县城工作的战友，欲拿出家中的积蓄，做点农资生意。照例每次来，他不会空着手，都是农村的一些食材特产。爸爸劝他别折腾，利润空间不大，市场有风险，经营规模起不来的话，费力不讨好，亏本也不好说。他信心满满，铁了心进了一批化肥农药，当起了小老板。那些尿素、碳胺、杀虫剂取代了桌椅板凳，堆满家里各个角落，起初周边的村邻来买，毛栗就忙碌起来，呼哧呼哧地四处送货，不出半月他又来进货，量翻了一倍，但这次是爸爸被迫担保了部分货款。他给我爸描述农村春耕的大好形势和农资的广阔市场，我爸抱着下不为例的心态做了担保。帮谁不是帮，原则是死的，人是活的。妈妈对爸爸旁敲侧击，趁国生叔回去时悄悄塞上一条时销的白沙烟，祝愿他生意红火兴隆。

　　与此同时，镇上又有了好几位竞争对手，其中一位更大规模的经营者，当街开了个显眼的门铺，把价格降个三五块，也送货上门，农民就不再光顾他的家庭店了。虽有人来拿货，但钱是赊欠的，一拖再拖，他经不起亏损。三个月过去，公司的货款是按期要交的，农民的欠款左拖右赖，最后爸爸同情他，找了司机帮他把剩下的农资产品运回县城，掏钱补了亏空的货款，也让他断了这个念想。他设计好的第一次创业就这么结束了。后来，他又倒卖大豆棉花菜籽油，尝试过开家小超市，买辆小四轮接客送货，都是不了了之。隔不了多久，总有他的消息传到家里来，爸爸就愤愤不已，天生不是做生意的料，偏要去蹚，犟脑壳，不淹个半死他是不回头的。也许，爸爸从一开始就认定了他的失败。可失败的人总是怀着希望去做的，失败了甚至还要犄着头往前顶撞。

我妈不同，对国生叔的想法赞赏有加，每次待他都客气有礼。错过了饭点，重新炒菜做饭，寻些乡下没有的东西给带回去，批评我爸只讲原则不讲感情。爸爸反唇相讥，"你以为这样就是帮他，其实是推他下火坑。"

为了国生叔的事发生几次争吵后，我爸摔门而出，我妈泪眼婆娑，然后跟我讲起一件往事。离开镇上的前一年，妈妈甲亢、胆囊结石并发，眼突脖子粗，疼痛几月不愈。他听说了，照例送些滋补身体的土产登门，满脸悔恨地埋怨自己当年没跟他父亲学点中医。后来发生个小插曲，他不知从哪里听说县里有治疗甲亢的老药方，赶着毛栗前去打听，不料毛栗这样的健壮黑驴很快被收驴皮的人盯上，有人诓骗说拿驴皮换老药方，保证对症治好妈妈的病。对方把他带到小酒馆，答应马上安排人送药来。驴被牵走一阵，有好心人提醒他上当了，他满头大汗追了十里地，在县城郊的宰牛场找到了那个骗子，把驴给抢了回来。他到我家有惊无险地说着此事，我爸却把他数落了一番，说这么大年纪，还那么天真，脑子里总是少根筋。他也不介怀批评，一个劲地叹息没能帮上妈妈。说起他的有情有义，我妈就格外动情，一次次按捺不住激动地重述此事。

我的印象里，交通渐渐发展之后，毛栗还经常与国生叔四处行走。四五年前，碰上他又上县城我家来了。那次正好我从外地回去，与他聊到了毛栗。他说，毛栗死了，救人累死的。一天半夜，村里一个待产的孕妇发作，求助他家的毛栗。后来手术中发现要输血，又求着毛栗跑了趟县城医院。连夜奔波疾行，他累个半死，毛栗也受了风寒，回家后就病倒了，没隔几天就死了。他舍不得宰杀后吃了它，而是找了离家门口不远的山岗葬了它。哎，我们不约而同地叹息一声。那真是头倔犟的驴，从来没进过爸爸单位的大院子。

离开小镇二十多年，爸妈先是安顿在县城，后来帮着我照顾孩子到了市里，又进了省城，距离的拉远让国生叔与我们家的往来渐渐减少。但每到爸爸的生日或冬至，他会打来一个电话，或者是不知从哪里冒出来，登门时提着几十枚土鸡蛋、一壶菜籽油。上了年岁也不再有权在握的爸爸对他依旧不待见，我并没有去深究过，各人有各人的性格吧。那时因工作奔忙的我，也有着对找上门的上一辈的穷亲友的不满。寒暄之后，他们总是会表情讪讪地提出一两件托请的事，当然都是些麻烦事，要求人，不讨好，面子上的事得你去撑着。

我尽量避开直接面对。有些事，让爸妈去言说去消解，能帮的就顺手帮了，帮不了的也减去了面面相觑的尴尬。国生叔照例登门，于我而言，托人帮他妻子办过低保、大病救助，为修路交份子钱找过村主任减免，给他的小儿子牵线在县城介绍过一份并不长久的工作。妈妈还是如同过往，始终是热情的，每次也绝不让他打空转身，临走时要掂量着送出比他重那么一点的回礼，不刻意也不伤面子。我爸掩藏不住对他诸事不成、人生落拓的懊恼，但还是会心平气和地与他聊天谈心，比如"照顾好病妻的身体，少折腾少烦恼多保重"的话，一遍遍重复。后来发生了一件事，又让我爸火气十足。他们搬到市里第二年，有天大清早，爸爸接到派出所电话就急急火火地出门了，到中午回来时，屁股后面跟着国生叔。国生叔在后面遮遮掩掩，嘟嚷几句始终没听清的话，到了饭桌上，他忍不住自己把事情的前因后果说出来。他本是计划今天再来我们家的，头天到了市里，他路过运通街的一家发廊，结果鬼使神差地进去了，刚进去就莫名其妙地被联防队抓了，什么也不说就关了一夜，早上起来让他打电话找人交罚款。他争辩着，什么也没干，是那女的招呼进去理发，真是被冤枉的。可派出所没人搭理，有个小平头不耐烦了，走过来狠狠地踹了他小腿一脚。我爸始终一言不发，听凭他跟我妈解释，我妈也不明就里地跟着批判那些钓鱼执法的派出所联防队。后来，我爸呵斥一声，把桌子一拍，就推门出去抽烟了。国生叔也恼了，说："放心喽,罚款我肯定会还你的。"

罚了两千，我是晚上回来听说这事的，那时他走了。我爸还情绪难抑，说："哪里不好理发，偏偏去那种地方，鬼才信。你们不知道，走出派出所，他昂首挺胸，一副拂袖而去的样子，好像做了坏事的人是我。"

爸妈跟我说这事的时候，我其实已经知道了个大概，国生叔离开我家后就给我打了电话，说："这样的事你们记者应该去管一管。"我嘴上应允了，当然并不会真去干预，政法线我不熟，一件百口莫辩的事，况且罚得并不重，也没闹出不良后果。这事不了了之，某天从跑政法新闻的同事那里知道，运通街确实常有讹诈之事，发廊女和派出所一唱一和，有时地面黑道的人也插上一杠，遇上了也就只能自认倒霉。大概过去一年后，那条街搞了几次大整顿，发廊就销声匿迹了，多了几家灰扑扑的旧书店。我让我爸告诉国生叔，以免还因此事郁结心中。我爸懒懒地回我："要说你说，不费这口舌，让他误会我在催他还罚款。"

最后一次去见国生叔，是他妻子患病离世，我开车送我爸回小镇。我爸当时重感冒，但他说："人死为大，他国生不管怎样，把病妻照顾了这么些年，我无论如何都要赶去。"镇上乡下的路都修好了，通往鱼口村的道路两旁，依然浓荫遮蔽，只是傍着路的沟渠里听不到流水淙淙，横躺竖卧着成堆的瓦砾碎石，以及挂在棘草之上的红的白的塑料袋。我和国生叔的妻子见面少，那些年他很少带她来我们家。听说这个好几年在乳腺癌病痛中挨度时日的女人，寡言少语，却很隽秀能干。我们快到他家时，爸爸指着邻着公路旁的那个小山岗，山岗上有稀疏的林木，风从空旷的几道岗梁上自由穿巡。爸爸指了指一块空地上微微隆起的地方说，那怕是毛栗的坟吧。我望去一眼，心里咯噔一下，爸爸还记得那头倔毛驴。他接着说："你国生叔也会把妻子葬在这小山岗上吧。"

国生叔的头发仿佛是跟着妻子的离世一起变白的，我们到了，他迎上来，嘴角像是笑着，眼眶里的泪水却簌簌地落。我们去设在家中的灵堂上叩拜，屋里光线很暗，墙面斑驳，白的粉块几乎掉尽，厅中墙上挂的一幅毛主席像也是上了年月的，边边角角发黄卷翘。偏房的家具都是旧的，空气中游荡着腐蚀的气息。我爸叹气，来回走动的人们几乎都在叹气。几个老战友先到了，大家叙旧，翻着多年前的记忆，又感慨着这些年国生叔生活的不易。他们的中心意思，既有悲叹也有暗讽，一个人刚学会走，就想飞，跑都跑不动，又怎么能飞起来呢？父亲没有言语，但也眉头紧锁，像要把一片愁云关在天空之外。

我看到，国生叔坐在靠门边的角落里，眼睛不时地朝这边说话的人群望，当时灵堂的哀乐声和亲友的哭声四起，他压根儿都听不到大家的议论，脸上却浮现着被用力拉扯的布满褶皱的紧张。他的儿子儿媳，还是没有孩子，两人闷不吭声，在堂前屋内转悠忙碌，倒水搬凳，总被管事的长辈好心地呵斥开。转背，他们重又转悠，又被长辈呵斥。

出殡前夜，国生叔的慌乱紧张愈发严重。是悲痛的漫溢，或者失去之后的怯弱。我所知道的那个自信的、爱折腾的、充满斗志的、要制造翅膀飞翔的人，没有了踪影。岁月里经历的坎坷、拒绝、敷衍、挫败与无望，像一颗颗巨大的砂石，磨洗去一个人身上的棱棱角角，并未留下圆滑，而是挤压到最后只剩下一粒小小的核。生活的粼粼波纹，汇流成河，他的泳技不好，屡屡呛水，却仍在扑腾挣扎，呼吸疼痛。一个反复的失败者，最先看轻的肯定是自己。

那天夜里，我去后院上茅厕，看到过去的猪圈驴舍里，堆着一些光泽黯淡的木料，几件扑满灰尘未成形的家具，墙上挂着的两块木板倒是有趣，叠在一起，像一双折断的翅膀。木板上了色，色彩里红的黑的勾出的是鸟羽的形状。我晃了晃眼，生怕自己看错，猜测，那怕是国生叔曾经说过的要打制的翅膀吧。

生活的浑浊有如这昏黄的灯影，我们总是无法看清，也经常认错。我又想，即使现在做好了这对翅膀，摆在他和我面前，我们真敢安插上它们去飞吗？走到屋坪前，我抬起头，夜凉如水，倾覆而下，全身忍不住一个激灵。我张开双臂，向着前方碎步疾跑，像是起飞前的加速，像是要拥抱这无尽黑夜中的一切可以拥抱的事物。

巴什拜上山喽

1

一群羊密密匝匝地走在乡间公路上。

旅游车减速停下，耐心等待羊群让道。

羊的个头儿长得很接近，脑门白色，尾部肥大，毛色红棕，耳朵上方长出深深浅浅的两只羊角。也有些白羊混在队伍中，特别打眼，有的屁股上涂上了蓝色颜料，有的剪出一个大平头——那是牧民为了便于区分是谁家的羊。

骑在马上的一位"半克子"牧民挥动长鞭，像劈开一条河流，把羊群分成两半。羊一点儿也不慌张，迈着小碎步，呈人字形打开队伍的闸门。车重新发动，缓慢地从羊群中驶过，羊并不为身边经过的庞然大物所惊扰，互相摩挲着身体继续赶路。羊没有表情，抿着嘴，昂着头，看着前方。

我也从车窗外看到了，前方是连绵起伏的巴尔鲁克山。

第一次到新疆塔城，文学家茅盾说她是中国西北的最后一个城市，从地图上丈量，她是离海最远的地方，而蒙古语的意思是旱獭出没之地。我在塔城最先听人说起的不是山，也不是那种消失不见的旱獭，而是这群羊——叫巴什拜的羊。半小时前，原籍甘肃、后在山东长大却嫁到塔城来的年轻女导游正编排着它们："头戴小白帽，身穿大红袍，尾巴分两半，好吃最难忘。"她描述的"难忘"，前一天已经在餐桌上被我们咀嚼，我们用牙齿和舌头尝过它的鲜美味道。

"真不一样！""好吃！"除了这两句抽象、空洞但也真切的感慨，初来乍到的我们似乎找不到更精准生动的新词来传递舌尖的感觉。巴什拜在新疆闻名遐迩，也就在于它是北方牧场羊肉中的佳品，味美肉嫩，营养丰富，无可替代。有时候，人就是靠味觉的记忆对一个地方保存着长久的念想。

2

成群结队的巴什拜跟着主人，一个多月前转到了巴尔鲁克山北的这片夏牧场。

公路牧道旁的吐尔加辽牧场，像神的双手抖开一张巨大的绿色地毯。各种颜色的花藏身其间，像人海中美妙女子的回眸一笑。转场的路途遥远，劳顿跋涉，它们忘了眼前的风景。也许看了太多的风景，就没有风景能再让它们怦然心动。也许它们是用胃来记忆一个地方的，牧场风景美不美，是那里的草料好不好。

巴尔鲁克山在塔城之南，与人们熟悉的北边"界山"——塔尔巴合台山遥遥相对。从大比例地图上看，它像"雄鸡"顶端弯曲向下的那片漂亮羽翎。全长一百一十公里的巴尔鲁克山脉，西南宽，东北窄，宽窄比例达五倍之多，像一把大扫帚，把帚尾扫向西北偏北的中哈边境。

看到山，也就看到了边境线。塔城美术馆的中俄哈三国国际油画展的展厅里，一位新疆青年画家用笔下的"皑皑白雪"覆盖了起伏的山体和棕色丛林，那是我与巴尔鲁克山距离最近的一次遥远相遇。在另一位画家的作品里，巴尔鲁克山海拔三千二百多米的最高峰塔普汗峰，成了一位老牧民和几只巴什拜羊在阳光下眺望的清晰背景。无论你站在哪个角度，羊的眼睛都注视着你和你置身的世界。

也是巴什拜的世界。

3

"巴什拜！"羊群被甩在了车后，来自四面八方的漫游者，隔着玻璃欢快地唤着羊的名字。它们没有表情，也是用看不出情绪的表情和你告别。也许再次相见的时候，是在一张吵闹的餐桌上。食客不会记住一只具体的羊。

外面的阳光过于炫耀，它们心思涣散，或许听得不够真切——车的轰鸣像偶遇的蜂群嗡嗡嘤嘤，我们的呼唤掺杂其间，它们错以为是喊着一个人的名字。

没错，巴什拜也是那位在巴尔鲁克山区裕民县吉他克乡出生的受人尊敬的哈萨克族男子的名字。成年后拿着父亲分给他的一百多只羊和一群马，倚仗一次偶然发现的成功交配，他成了巴尔鲁克山区的人生赢家。

有人说，是山上那种一百多公斤重的野生盘羊误撞入了他家的羊圈，与哈萨克土羊交配后，生下的红棕色仙脸大尾羊。那些盘羊野性十足，抗御寒冻的能力特别强悍，即使零下40℃，照旧在雪地上自由行走觅食，杂交的后代也是骨骼强健、抵抗力强。也有人说，是勤快好学的巴什拜在草原上摸爬滚打，向老牧民谦虚求教，把从苏联引进的叶德尔拜羊关进了羊圈。成功引进优良畜种的杂交科学实验，一次被写进草原史志的繁衍传说，是机缘还是必然，已无从考证。

巴什拜欣喜地发现，仙脸大尾羊生长发育快、成活率高、适应性超强。大尾们的到来，让家圈的羊越来越多。他不得不雇佣牧民来放牧，也不得不一次次把羊圈的栅栏拔起，再建一个更大的羊圈。羊群是草原上财富的象征。巴什拜成了远近闻名的大牧主，富甲一方。他的羊群在牧场上出现，人们都要侧目注视。羊腆着圆滚滚的肚子走过的草地，来年又长出一片丰茂浓密的绿色。

如果只是拥有无以计数的羊，也许不足以让人记住这位草原上富有的大牧主。我听到人们津津乐道地叙说着，没有受过正规教育的巴什拜，在民国二十五年（一九三六年）筹建了裕民县的第一座初级中学，又紧接着投资了塔城电灯股份有限公司，建起了塔城第一座电厂；民国三十一年（一九四二年）请人修建了额敏河大桥，解决了裕民县通往塔城的人畜过河的困难，时任行政长官后来将这座桥改名巴什拜大桥；抗日战争期间，他给政府送了数百匹出征的马；解放军进疆，他送去成吨的小麦和成群的牛羊慰问；抗美援朝的炮火在远方战场打响，他又捐献了一架飞机。当地史志上记载着，这架飞机折合四千只羊、一百匹马、一百头牛和百两黄金。这些并不是巴什拜的一己之力，帮他的是一群群不断繁衍的大尾羊。

那些穷苦的牧工，没有谁不认识巴什拜的羊。清早或傍晚出门，他们会羡慕地给认识的羊群让路，"这是巴什拜的羊！"对羊的尊敬也是对巴什拜本人的尊敬，巴什拜所做的每一件事都值得他们敬重。他们自己或身边人多少得到过巴什拜的热心帮助。送钱物牲畜，买地盖房，愿意来当牧工的，人尽其能都可分派到一份养家糊口的工作。有一年秋天转场的时候，羊群闯进了一个汉族农民的马铃薯地，主人急吼吼地驱赶着，牧工说，你看清楚了，这可是巴什拜的羊。农民立即噤声停止驱赶，脸红成一片天边的火烧云。回家后，牧工炫耀起途中遭遇，巴什拜听了却很生气，严肃地批评了牧工，然后亲自登门道歉，还派人帮农民收割庄稼，赔偿了被羊踩踏后的损失。尽管如此，他的牧工依旧只惦念着他的好处和给他们的关心。巴什拜知道，放牧季节，牧工常常是孤身一人与大自然和羊群为伴。

"巴什拜刚离开这里。"人们心中的他慷慨大方、正直热诚，他的羊群转场走到哪里，就把他的声名带到哪里。备受拥戴的巴什拜，成了巴尔鲁克山区的知名人士，后来还担任了塔城地区的最高行政长官。他成了一个符号，象征着财富、公正、温暖、给予。不幸的是，六十四岁那年，身为塔城专署专员的巴什拜去杭州考察时病逝，后被专机运回家乡安葬。羊群经过墓园的时候，都会朝着墓碑的方向瞻望。不知道从哪一天起，人们为了纪念他，把草原上出入每家每户的仙脸大尾命名为巴什拜羊。

这片看不到边际的原野上，巴什拜羊突然走到你眼前，又眨眼间走远；拐过一道弯，蹚过一条河，翻过一座山；羊在行走，也是草原在流浪。

车驶过巴什拜大桥的时候，说是桥，跨过的却只是一条窄窄的河。河床裸露，杂草不生，河水来源于山间积雪，有大半年的时间积雪不化，河就一直瘦弱着。桥头名字闪过眼帘，让我又想起了落在身后很远的大尾羊。

巴什拜也曾经从这里走过去，草原上到处嗅得到羊群离开的气息。我们与羊在某个时空维度上有过多次的相遇，每一次相见，也许都是永别。

4

车停在吐尔加辽牧场旁的公路上。

从没见过这么蓝的天，朵朵白云悬挂在公路前方，仿佛你的速度再快一些就能追上她。

沿着窄石板路爬上高高的斜坡，穿过打开的一道铁丝网门，视野瞬间被推到一片无尽之中。羊群让人生发的草原想象，与实际所见相距太远。辽阔的定义被刷新。每一位外来者都无不为之震惊。远处的山，与向远处蔓延的草甸子、远处垂落的云层在看不见的地界相接。那个不知要走多久才能到达的草甸子尽头，就是积雪正极其缓慢融化的雪山。草甸子变成了一个看似很快走到却又永远抵达不了终点的球面。无法形容的美，多少双眼睛都根本装不下。这就是那一刻的心情。

迎着山谷吹来的风，花在摇曳，草原也在摇曳。"这是什么花？"耳畔的声音都是提出同一个问题，草原上盛开的是不同的答案。

紫色鼠尾草长着针状卵形的叶子，没过膝盖，遍地开放；杀虫治癣的翠雀花开得非常密集；根茎粗壮的红景天黄灿灿一片；有棱槽的飞廉披着蛛丝状的毛，沿着茎下延展成翅；向阳坡面开着的是金盏菊；伞状的寒地报春，有半年的花期，几乎匍着地面；花托凸起的小甘菊锥状、球形的模样远看像小菌菇；蔷薇科属的天山樱桃花叶同开，粉白相间；鳞茎圆锥形的贝母，倒悬生长的白花瓣上长着紫色斑点；瘦长的长蕊琉璃草，紫色的花冠微微弯曲像翘起的蝎尾……

"如果五月来，才是更好的花开季节……"女导游往前奔跑，突然匍倒在地，被草浪淹没，又爬起来继续跑，风把她那爽悦的笑声"捎话"我的耳边。她说，她是爱上在塔城相遇的他，也是爱上这片草原和看过一眼就忘不了的花。

我唯有闭上眼，想象那个更好的花开时节，漫山遍野，放肆盛开，也想象一个异乡女孩多年前爱上这里的心潮澎湃与细密欢喜。

5

羊在这片大地上经历过什么？

吐尔加辽是有名的夏牧场，它的汉语意思是贵族牧场。一个名字就画出楚河汉界，泾渭分明。不是谁家的羊都可以进入，过去如此，现在也是，护网围栏，非请莫入。从这里经过的巴什拜羊也许从来没吃过一片草叶。这些年月，巴尔鲁克山区的家家户户都在成功地养殖着巴什拜。草原上牧民的日常四季，夏天牧场丰茂，放羊上山，秋天去集市卖掉多余的羊或把羊圈补满，冬天要照顾它们度过凛冬，春天等待羊羔出生。上山，下山，转场，牧养，人和羊群，与这片山地草原唇齿相依。

巴什拜羊像云朵般从牧道走过，嗅着空气中吐尔加辽的花草散发的诱惑芬芳，看了一眼围筑起来的铁丝隔栏网，就头也不回地，决绝地走远了。它们丢下的是牧场，也是风景，是这一片最好的风景。

女导游跑得越来越远了。拍照的人们四处搜罗着风景和瞬间。我故意躺在草丛中，头脸朝上，四肢平展，蓝天白云，一尘不染，阳光透亮。闭上眼睛，有斑斓的五彩之光在眼里跃动，像一群金色的蜂蝶。没有云的地方，蓝得虚幻，像舞台打上的一块巨大布景，又像是天空浸在一个蓝色的世界中。侧身，目光从如密林般的的花茎中穿越，披着光的花茎，每一根细微的毛蕊清晰。光让草原上的一切袒露，品格中的贵金属与世态中的低俗小说，碰撞出铮铮声响。

　　有两匹成年的马在草地上游荡，踢着蹄子，打着响鼻，与人合影，也在等待撒蹄奔跑。二十元十分钟，问完价钱，成交者踩着马镫跨上马背，把牧场跑出震耳欲聋般的漂移感。人群早已四散，同行的一位大姐与我擦身而过，然后一个劲儿地往前走，似乎是有多远就要走多远。我以为她是要离雪山更近，看得更仔细些。她的缀花纱衣随风飘动，她的背影变细变长，像是一株独立行走的花。转眼间她不见了，我有片刻的慌张，以为她突然掉进了深山峡谷或裂隙沟堑。我叫唤她的名字，她拱起纱衣后背，一只手挥动致意，身体却还是伏在草丛中。"我听见了鸟鸣！"她站起来，向我喜悦地叙说鸟声从哪而来，又如何清丽鸣啭。但我耳朵里灌满唯一的风声，从山那边吹来的风，清爽，柔软，拂过面庞，穿越身体，精神和骨骼也为之发出簌簌响动。

　　天空洁净，悄无声息。看不到鸟的影踪，也许鸟藏身云层的枝杈。有朵云，张开翅膀悬空，变成了一只巨鸟，青背，羽斑，宽翅，投下万道斑影，时间的碎片被碾压成生活的粉齑，阳光照亮清澈的天体，也照亮巴什拜羊眼中的清澈。

208

清澈是这片土地上的标识。

山脉横卧绵延的地方是边境线，是羊热爱的夏牧场。积雪尚未完全融化，峰峦山谷间的白色点缀着褐色山体，背光处的雪终年不化。冬天裹风踏步而来的时候，又有新雪将过往覆盖。

无法覆盖的是人的足迹，牧民的、探访游客的、野外考察工作的、闲逛者的。我在塔城认识的一位摄影家朋友把我带到他的家中，墙上挂着他行走的"足迹"。这位痴迷于游牧文化的田野调查者，拍下了几乎所有塔城山林草原坡地上的千余种植物。三面环山的塔城，这里的中温带干旱和半干旱气候区，被颜色深深浅浅的植物占领。

山麓西南的塔普汗峰南面陡，向北倾斜的落差有近两千米，生出一个大斜坡，种类繁多的草木花卉在气温的攀升里，从低谷向高山蔓延绽放。这一带有明确记载的野生植物就有百余种。这让我加深了对"巴尔鲁克"汉语释义的理解——丰饶、富足、无所不有。

过去这里也有山地放牧的习惯，虽然路途崎岖，但牧民还是会把羊群赶往牧草茂盛的山地。朋友伸出一根手指，蘸着泼洒出来的酒，在桌上画出北高南低的塔城地貌，高山—浅山—丘陵—平原—湿地—高山，他的手指顺势往下，在讲述某个地貌时要停顿画出一个虚无的圆圈，他最终画出了一条被我记住的弧线，像极了一个倾斜的双手打开的 U 字。稍有地理或植物常识的人都知道，这样的阶梯状地形，必然的结果是多样性植物在这里富集。

"聚居成群的花，在望不到尽头的草原上都是孤独的存在。"摄影家朋友说起，他也拍过巴什拜，它们的眼神有种清澈的孤独，另一种孤独，收纳了巴尔鲁克的丝丝毫毫的变化和馈赠。

6

我们从牧场上欢愉地下来，那群巴什拜羊拖着狭长的影子，从公路的拐弯处消失。"巴什拜刚离开这里。"我惊喜地指着它们离去的方向。它们是我见过的最缺少表情的羊。其实我也描述不清羊应该有的表情

刚有那么片刻的恍惚，仿佛辽阔的草场只剩下孤零零的一个人，一只小个子鸟啁啾一声刺入天际，看不到一只羊，只有那条蜿蜒的乡村公路和远处的村庄。没人知道这片土地上放牧的历史有多久远。

巴尔鲁克山南背风向阳，降雪量小一些，人畜越冬的很多冬牧场建在那里。冰雪从四月开始消融，黄色的大萼报春最先钻出冰雪覆盖的地面。融化的雪水从大地上的每一道缝隙汇聚河谷。

我是在塔斯特河谷看到的雪山水。到河谷的下坡山路有很多斜仄的弯道，我们换乘几辆越野车才顺利到达。水混浊，湍急流淌，山谷回声响亮。从巴尔鲁克山发源，有十六条大小河流穿过裕民县，奔赴名声更响的河流。山脚下的塔斯特河和布尔干河，分别从两个方向西流，走出国界。另一条相邻的额敏河，自西向东经由库鲁斯台草原，最后流入咫尺之远却是国界之外的阿拉湖。发出蓝色幽光的阿拉湖，在瞭望中被打磨成一面镜子。山脊起伏，河谷狭远，在巴尔鲁克这个森林王国，看得到百万

亩的原始次生林、十万亩的野生巴旦杏林、万亩野白杨林和千余种野生珍贵植物。季节四时，色彩缤纷，是生命的繁衍与共生镀铬着这片山水荒野的界线。

一群羊沿着塔斯提河往山上走，它们低头的模样，像是聆听着与河水一起流淌的属于光阴的故事。草原像一个展示的透明胃，吞吐着时间里的冰霜雨雪、风和日丽。

羊群爬上山头，在这里看得到牧场、院墙、堤坝、道路、河流、畜棚，以及由它们组合的风景。看风景的羊，也成了被看的风景。这片草原是他们的家，是生命开始和结束的地方，牧民对这里的爱，无人弃之远去，也无人驻留在外不再归来。那些远方，依然是远方。牧民赶着羊群回圈，像低矮的坡地上飘过一群云的影子。

草原上遇见的人都有一种朴素的诚实。也许诚实是这里日积月累的人生守则。我听他们说起一件往事，一个牧民在秋季买了一群羊，价格都是双方事先议定的，后来他去集市的交易会上，发现他是以很低的价格买到了这些羊。他因此感到愧疚，而不是占了便宜后的窃喜，就主动找上卖主家送去补差价的钱。卖羊的牧民却坚持成交的生意不能再多要钱。草原上的牧民经常如此，把诚实守信的声誉和德行看作一个人生命中最珍贵的东西。听说那个叫依洪达的买羊牧民第二年继续找上门，出了比市场高得多的价格。有人说，后来依洪达也总喜欢帮人排忧解难，一诺千金。也有人说，如果你有依洪达一半的品质，就是值得称赞的善人。

叫依洪达的维吾尔族老人，剩下最后几颗乌黄的牙齿，却依然可以啃光羊排上的肉。在女儿哈力旦的记忆中，一辈子牧羊的善人父亲，是草原上沉默的大多数人中极不显眼的一个。这般人群，一辈子就活在勤劳谦卑者的草原上，生老病死，喜怒哀乐，几乎不曾留下生活的记录。草原上的历史就是小人物的历史。

7

天光灿烂，亮晃晃的。天黑要推迟三个小时后到来。天黑前，羊群归圈，身后的大山寂寥旷远，人们即将喝酒吃肉，大声歌唱。

从巴尔鲁克山返程，我们去了哈尔墩四道巷哈力旦家的小院。推开院门，长棚下的餐桌摆满了水果点心，几位当地手风琴演奏家、歌唱家欢愉地奏唱着草原歌曲和《我和我的祖国》。前一天我在手风琴博物馆看到了来自十几个不同国度的三百多台不同年代的手风琴，收藏它们的主人能讲述每一台手风琴背后的故事，也能将每一台手风琴奏出美妙旋律。我没有想到渐渐淡出人们视野的手风琴乐器在这里竟如此风靡，每年的千人手风琴合奏还上了吉尼斯世界纪录。在这个"手风琴之城"，哈力旦记得她小时候，父亲在牧场上拉响手风琴，成群的巴什拜羊都会安静地抬头聆听。她少女时代拥有的第一架红色32贝斯的百乐小手风琴，就是家里卖掉一只巴什拜后买的。父亲无数次说起，闭上眼，还记得那只羊的模样。

为了这顿晚餐，哈力旦和家人准备了一个礼拜。高大魁梧的丈夫大清早起来，第一件事就是赶去附近的牧民家中，杀了三只巴什拜羊。烤肉的火炉架设在红围墙下，看不见炭火的燃烧，但羊肉沾洒孜然的香味很快飘绕在农家小院和呼吸之间。食量厉害的人，可以吃掉一整只羊。哈力旦的弟弟皮肤黝黑，咋咋呼呼地炫耀那些饕餮者。

院子里支开了几张餐桌，上面摆放着六个民族的特色美食。这些美食来源于哈力旦的奇妙家庭组成。她的丈夫艾则孜哈比布拉是乌孜别克族，大姐嫁给了塔塔尔族，妹妹和哈萨克族组建了家庭，弟弟娶了一个蒙古族。从海边城市来的客人喝了两杯酒，就跑去题写"玫瑰庄园"书法匾额送给哈力旦。他把四个字写得遒劲有力，又生动活泼。喝彩者声响震动，哈力旦满脸笑容，她从厨房端着菜碟走在院子里，十几米的路上，每一步迈出的都是舞蹈。她天生就是一个舞者。

她说在塔城歌舞团做过十多年的舞蹈演员，三十五岁那年离开舞台去了北京，带着女儿租住在中央音乐学院附近的一间地下室，开始了陪读生活。喜欢小提琴的两个女儿先后考上了中央音乐学院。依洪达喜欢带着两个孩子在草原上拉琴，琴声跑得像风一样快，从浪流般的草尖上滚向远方。他凝视着孩子，涌上面庞的笑容，仿佛能把时光的褶皱抻平，又像是一潭安静的湖水，把所有经历的苦难溶解。

几年前，这位被称为巴尔鲁克山区最诚实勤劳的牧羊人，留下几百头羊走了，离世之际，他牵挂着哈力旦的"汉族弟弟"。站在餐桌旁，哈力旦回忆起三十多年前的往事，仿佛老人就坐在院子的另一角落里，怀里捧着手风琴，拉响草原上的歌。

贫穷小伙儿阿杜随乡友从山东济宁来到了塔城，找不到工作，无处落脚，囊中空空，依洪达知道后把他请来当了牧工，教会他牧羊。日久情深，依洪达非常喜欢阿杜，认他做了干儿子。哈力旦从此有了这么一位汉族弟弟。

依洪达对阿杜有一种奇怪的深厚感情。有一次阿杜骑马放牧，到傍晚巴什拜羊自个儿回了圈，人却不见了。他发动全家外出寻找，遇见后二话不说，就拉进医院急诊检查，说是担心他在外受了伤。其实阿杜是途中贪玩忘记了羊。他一路上胆怯地打听，路人故意逗这位年轻人："巴什拜上山喽！"

那是在塔城牧羊生活的四年里阿杜唯一一次丢掉了羊。他把塔城当成了自己的家，把依洪达一家当成亲人。家乡接二连三的电报催促阿杜回家的时候，谁也不知道依洪达有多纠结，他承诺过要给这个"儿子"盖房娶妻。他舍不得阿杜走。阿杜那些天早起把羊赶到草儿最肥的牧场，寸步不离地看着它们吃得肚子圆滚滚的。临别前，依洪达让妻子把家中全部存款一万七千块钱缝在了棉衣里层，叮嘱阿杜儿子回去后再拆开，拿着钱去盖房买地，娶妻生子。三十年前的阿杜不知道衣服里藏着一笔巨款。像一团暖融融的光，在他的心里再也没有熄灭过。二〇一六年冬天，当他兴高采烈地再次回到塔城时，从没断过的牵挂思念，却因老人离世成为一段孤独的回忆。

哈力且去年带着家人去了趟济宁，阿杜的女儿结婚，婚礼上摆满了她带去的葡萄、拉条子、巴什拜羊肉串等新疆特产，两个女儿现场用小提琴拉起了明快悦耳的新疆音乐，宾客开心地欢歌载舞，像是办了一场新疆婚礼。

年过五旬的阿杜依稀记得当年放牧的那一群巴什拜羊，他给它们取过古怪的名字，虽然它们早就不在了，但还经常会走在他梦到的草原上。

8

都不知道夜是怎样黑下来的。

天空像在摇动一把小折扇，在晚风中收走最后一缕夕光。走出小院，我朝巴尔鲁克山望了望，朝塔尔巴合台山望了望。我朝绵长白昼望了望，也朝短暂黑夜望了望。仿佛还在草原上，看着属于塔城的风景，风吹过来，动人的歌唱和欢笑带你去往更远的远方。

"去喝奶茶吧！"有人突然在耳旁吆喝了一声。

又一个声音浮上来："羊儿都上山喽！"

后记 | 士别的缺失，或万象森罗

她走后，缺失吞噬美好，变成珍贵的代名词。那段日子难以言述，夜里辗转难眠，时间被截断，裁锯成一小段一长段，仿佛我的夜晚是缺失的。睡不着，我会躺在床上数绵羊，数星星，数着过往，或者蹚下床看书，书页上是一片水的空白。我在中国人民大学宿舍的床是悬在写字桌上的，有几次翻越时径直从爬梯上滑落，骨关节在体内撞响，像复仇者的突袭回击。屋里屋外都是虚晃的夜色，坐卧椅上，身体在浓酽的墨黑里浮起，也在不易察觉中沉落。有时会不由自主地想到写作为何出发，从来看作是生命中最有意义和力量的事，漫漫长路，黑夜中同行者的身影四处闪躲，于是就有了慌张，有了兔子撞进陌生菜园子的惶乱。也像飓风暴雨后存活的植物，身体裂裂炸响，根蔸摇摇晃动。

　　人近中年，竟然变得如此惶惑！是经历的死亡所致，或是太多的缺失纷至沓来。时间的缺失，生活的缺失，亲人的缺失，写作中的缺失，一度盯咬着你躲闪的身影，让你遗憾嗟叹。四年前，丢弃一份众人眼中未来可期的工作，那是不负我心的顿悟。仿佛固执的恋者，前任仍约转身，但恋情已经终结，绝是不回头的。遥想更早的出发，阡陌纵横或是莽莽荒漠，走到那个洞穴前的跌落，从那里陷入，并非被迫，实属自愿。现如今非得朝前走不可，人都须为选择而背负好的或坏的、轻的或重的、对的或错的。前面虽有风景摇曳，也得先穿过荆棘和丛林、沼泽与沟堑、黑暗与破碎。

十七八岁开始第一次发表，尔后却有八年是停滞的。像是拥有另一段不可自拔的溺爱，而忽略了原来的倾心。又像暗夜行路，走着走着天就亮了，听从内心召唤的意识愈发明晰。远行者总得有备而去。而起初，我像《基督山伯爵》中的爱德蒙·邓蒂斯，将自己囚禁于孤岛上的伊夫城堡。是的，我们无从俯瞰城堡的全貌，在巨大的岩石筑起的城堡里，在森罗万象的壁垒中，我们甚至不知自己走的路在众多的道路上是不是有出口。也许永远找不到出口，谁知道呢？

每当我安静地面对内心，坐在书桌前敲打键盘时，我像爱德蒙一样，听到了来自岩石墙里的声音。住在隔壁的法里拉神父，敲打着鹤嘴锄，即使是一次次选择错误的路线。我也是被囚禁者，也是法里拉。没有出路，但总有出路，出路不在外面，就在里面。我如此慰藉。那时读《基督山伯爵》，觉得法里拉是一个人身体里最坚固最深奥的部分，"他身上所有的一切都没有弄皱——他的白发，他起了霉的绿色胡须，他遮在胯间的破麻布片"。在我眼中，他是一位不怕失败的诗人，是一心想远行的少年。应该说，时至今日，耳畔还时常响起鹤嘴锄撞敲岩石的声响。在法里拉心中，一切障碍都是不存在的。他向庞大坚固的伊夫城堡发出挑战，他无处不在无时不在。他以自己的错误帮助我们画出伊夫城堡的正确地形图。最后，也许我们也成了堡垒，自身的界限不打破，出路必无处寻觅。

多年之后我才懂得，文学的界限与出路不在那些奖项、身份、名利，而是在文学精微的内部被不断打开的广袤空间里。更不该被外置的强光造成眼盲迷失，以至扑光而去，炙烤而死。就该像爱德蒙，从法里拉的错误记录中受到启示，在某一天不再对被监禁的不幸和卑鄙苦思苦想，而明白了，"要想逃离监禁，唯一的办法是弄清这个监狱的建筑结构"。从表层的纷乱中转而专注内心世界，这何尝不是另一种意义上的突围。作家与创作之间，如同爱德蒙和法里拉之间关系的另一面镜子，总觉得每一次写下的都是不足的、有缺失的，总是不足以绘出伊夫城堡的全貌，灵感不断犯错，推理总是穷途末路。

文学是多面的，小说也好，散文也好，避躲不开的生活、思想、创新和语言等诸多面向，都有多处抵达之地。福斯特曾写过一本《小说面面观》，虽然谈了很多小说的不同层面问题，但仍不敢说全部穷尽。而散文呢，被捧作光明端庄的侧面，是影像浮动，斑斓游弋，声响四起。我时常被这两种文体裹挟着跑，跌撞向前，磕疼膝盖，刮伤臂膀。写作就是如此，一个写作者能占据最好的一面，抵达几面，也很是了得。也可以这么说，还有很多缺失的面，总是暗夜浮动中扮着漂亮的鬼脸，唱出塞壬般的声音，吸引你前去探寻。也正是在探寻中，令人窒息的写作透进了光。又有哪位写作者心中不想像在暗无天日的苦力劳作中怀揣野心的法里拉那样，决心从墙上打开一个缺口，写下一部伟大的手稿，写下属于人间万物的过去、现在和未来。

或许，缺失的那部分，也是森罗万象的那部分，是被我们曾经忽略的通往好的文学之途。写作者的尊严，也正是需要扎根在这"失去"之上。保有对人的处境的清醒认识，倾听人性里山呼海啸不折不从的冲动，然后我们会发现，文学像那没有等级的星座永远在位移，你矢志不移，才有可能得到自由出入那坚如磐石且深奥微妙的伊夫城堡的通行证。

写作之路，也是生命之途。谈的是写作，也是生命的冷暖。我常被蹑行的孤独袭击，像牙齿，在干涸的牙床上，既是孤独的个体，又可视作一个倔强的群体。人是渴望有所依傍或给人依傍的，被圈限后的那些富有深意的空旷感、无从附着感，其实也正符合我散文中对他人对自我的哀悲之切、热望之切。我在这些篇章里写下的记忆、情感、经历、遭遇、疼痛以及思考诸种，或有着坚硬的壳却不堪碰触、摧枯拉朽，或貌似脆弱薄单却绵延密实、生生不息。无从精准把握的人生从不依性情来安顿你，而是要你敛着性情，从生活的重重壁垒的左腔右室里，奋勇厮杀，把自己搬离出去。有理想的人是不会轻易倒下的，是不会在旷野里走散的，是不会丢掉端庄的影子的……

还要继续写下去，不可停歇趑返，不敢万千感慨，而屡屡回望，扶持相助过我的众多师友，身影闪烁，总令人暖意丛生。我的心田里储蓄着那一滴滴感恩的水珠，将在接踵而至的黎明黑夜流向来处的他们。

　　这些篇目多数集中写在停顿期之后的四五年，那时她还陪伴身边。她是第一个听到我敲击键盘，诞生它们的人。这本书必须献给的人，若只可唯一选择的话，就是先我而去的她。我在万般煎熬中终于懂得，我们来此世界，就是生死场上观摩人间世道情态，也将自我表演给别人看。有什么可惧怕的呢？万人如海，一身藏，却无处，孰知悲喜。这么领悟，她不是抛弃了我，而是以另一种方式照耀我、拯救我。

　　我不说出她的名字。她的名字，雕刻在山间的石碑上，也铭记于我心里。

　　——此般言说，是为后记。

二〇一九年一月十七日

沈　念

1979 年 1 月出生，湖南岳阳人。

中国人民大学创造性写作硕士，现为湖南省作协副主席。

曾获第二届三毛散文奖、第十二届万松浦文学奖、第四届张天翼儿童文学奖、第二十四届湖南省青年文学奖等。

代表作品

中短篇小说集

《灯火夜驰》

《夜鸭停止呼叫》

散文集

《时间里的事物》

《房间里的河流》

长篇儿童小说

《岛上离歌》

世间以深为海

出品人 ｜ 赵 瑞	选题策划 ｜ 刘文飞	责任编辑 ｜ 刘文飞

复 审 ｜ 席香妮　　终 审 ｜ 陈学清　　印装监制 ｜ 郭 勇

项目运营 ｜ 有度文化·刘文飞工作室

投稿邮箱 ｜ liuwenfei0223@163.com　　微信公众号 ｜ YOUDU_CULTURE

微 博 ｜ http://weibo.com/liuwenfei